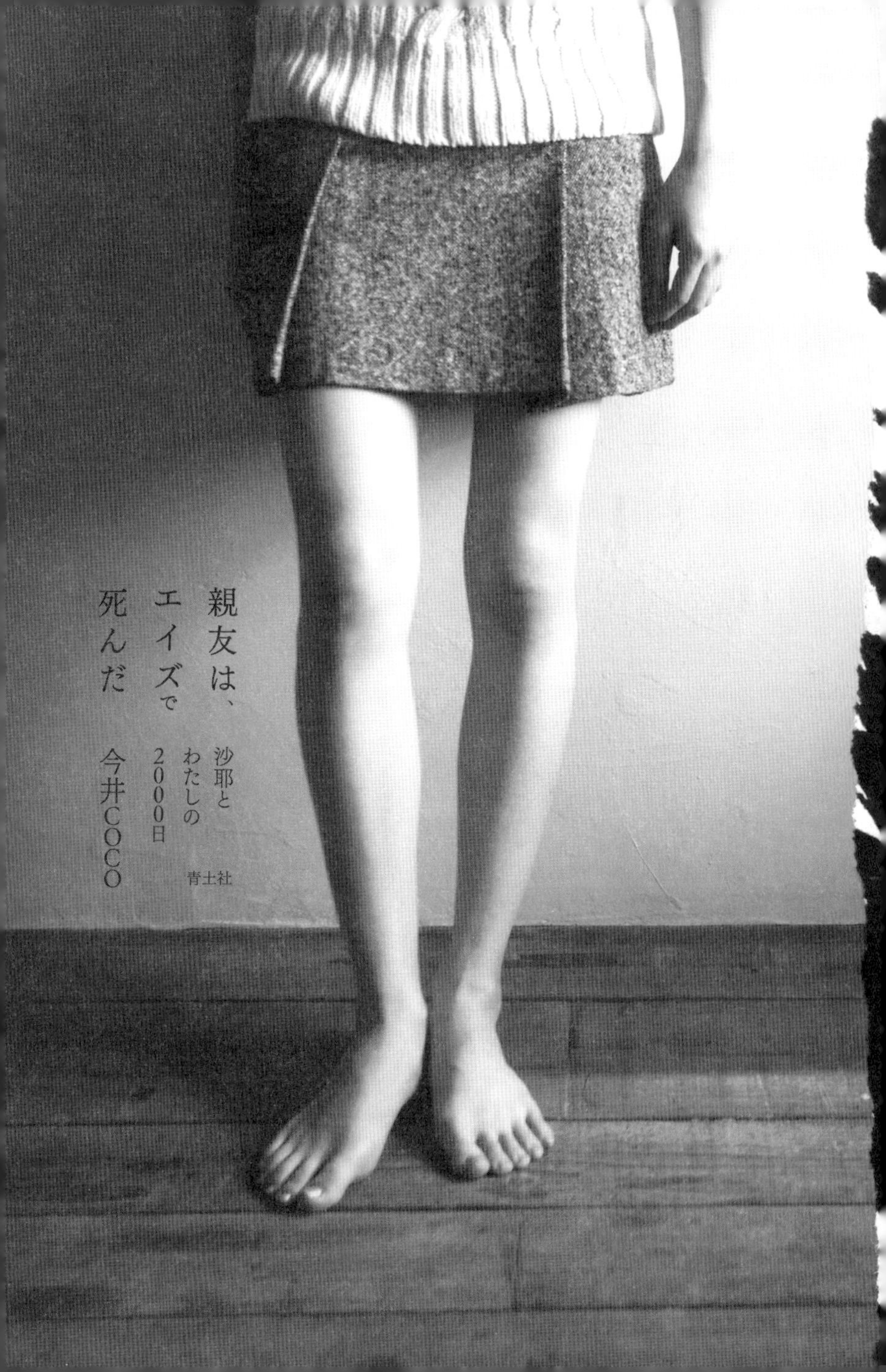

親友は、エイズで死んだ

沙耶とわたしの2000日

今井COCO

青土社

親友は、エイズで死んだ　目次

第1章　高飛車な生意気女と、全身ブランド女　7
第2章　近くへ　27
第3章　渋谷でライブ　49
第4章　真夏の宣告　57
第5章　沙耶の彼氏　69
第6章　浅はかな打算　79
第7章　水槽で泳ぐ熱帯魚　95
第8章　殴られた頬　105

第9章　真樹ちゃん　121
第10章　私の告白　131
第11章　右側の指定席　135
第12章　ジェリービーンズ　147
第13章　運命の日　155
第14章　ロザリオ　161
第15章　新しいはじまり　181
第16章　ランコムに包まれて　187

あとがき　191

親友は、エイズで死んだ

沙耶とわたしの２０００日

第1章　高飛車な生意気女と、全身ブランド女

その晩は、とくに焦っていた。

めずらしく焦っていた。「この私が」、だ。

私は、この長い水商売生活の中で初めて、窮地に立たされていた。

その原因は、一昨日に赤坂の店から〝引き抜き〟でこの店に入店して来た、「期待の新人」にあった。私の焦りと苛立ちの矛先は彼女に向いていた。

実は、入店する前から、噂でそのコのことは聞いていた。店長が「近々、客をいっぱい持ってるコが引き抜きで、うちの店に来るよ」、と張り切っていたのだ。私はその会議の終わりがけに「ココ〜、負けないようにもっと頑張れよ！」と、からかわれる始末。そのときは鼻先で〝フッ〟とだけ笑ってやった。それを見た店のママまで、私の真似をして、〝フッ〟と笑って去っていった。

それが引き抜きだろうがスカウトだろうが、新しく入店するコのことは、いつも全く意識は

していなかった。私にとって、それはいつも何の問題もなかったからだ。

それこそ今まで、引き抜きやら、スカウトやらで何人かのコは来たけど、「店の雰囲気に馴染めない」とか「周りのコとうまくいかない」といった理由ですぐに辞めてしまったり、そもそも店が期待したほど、大して客も持っていないようなコばかりだった。

だから、今度のコもきっとまた、このクラブの敷居の高さとホステスのレベルの高さに驚いて、すぐに辞めていくはず。はじめは普通に何の疑いもなくそう思っていた。

でも……。


私は自分の客の数の多さ、客の太さ、そして、売り上げに関しても〝絶対的な自信〟があった。

私がこの業界へ年齢を偽って飛び込んだのは、一六歳になったばかりの四月だった。だから、他の誰よりもこの業界に長くいる。職歴が長い分だけ営業のノウハウは、そこらの女よりも知り尽くしていた。前に勤めていた店には悪いが、違う店に引き抜かれて入っても、当然ながら自分が掴んできた客を、私は同時に次の店に連れて行く。だから、三ヶ月も経てば、その次の店でも自然にナンバー1になってきた。今だってこうしてナンバー1を維持している。

普通の人ならおそらく、こんなことを思うような女は、仕事の分野関係なく性格の悪い奴だと思うことだろう？　今なら私もそう思う、本当に「生意気な女」だったと。

当時の私のプライベートは、愛猫と遊ぶこととＤＶＤの鑑賞くらいしかなかった。〝他人〟とコミュニケーションを取ることはほとんどと言っていいほどなかった。

仕事だけが唯一、生身の人間と触れ合う場だ。それゆえ、マイペースながらもこの地位を守り抜いてきた。私もそのコと同じように経営者に支度金まで用意され、引き抜かれて二年前に入店してきた身だけれど、今度は反対にその自分の地位が揺らぎそうな出来事に初めて遭遇してしまっている。これだけ高く守り抜いたプライドが崩れ落ちそうだった。

広いＶＩＰルームで一番目立つ席。店内を見回すまでもなく分かる。そのコは自分の太い客を中心に、その枝達に囲まれて歓声をあげて大いに盛り上がっている。耳を澄ませばここまで笑い声が聞こえてくる。

その会話の内容までは聞こえなくても、そのコのしぐさを見ているだけで、間のとり方や可愛くコロコロ変わる表情、それぞれの客に合わせたリアクションの強弱も上手いことがわかる。この業界に、相当慣れているコに違いない。

もの凄くスタイルが良く、服は上から下までシャネル。バッグはエルメス。私はＶＩＰルームのそのコの振舞いを横目でみながら、心の中で〝全身ブランド女〟と呼ぶことに決めた。

そのコの席へ次々と運ばれてゆくのは、ロマネ・コンティに始まり、花火がパチパチと乗った高級フルーツの盛り合わせ、締めにピンクやゴールドの〝色付き〟ドンペリ。そのドンペリを爽快にポンポンと抜く音が幾度も聞こえた。

ボーイさんも嬉しそうに、笑顔でホールを慌しく行き来している。昨日はそのコよりも、私の方が微妙に売り上げが良かった。だけど、私の売り上げ近くまで迫ったコというのは、ここ最近では初めてだった。

私はこの日、「この業界、上には上がいるもんだ。今夜は完全に私の敗北だ……」、と、サジを投げた。今まで自惚れていた自分自身を蹴り飛ばしたいくらい、涙が出るほど情けない夜だった。とはいえ、このまま黙って転落していくわけにはいかない。こんな夜でも、もう一方では「良いライバルが出来た。今までに無いゲームを楽しめる」と、思ったことも確かだった。なんせ、この私の天狗の鼻を確実にヘシ折りかけた女はそのコが初めてなのだから。

＊

今にして思えば、私がこうして、挑発的で傍若無人な闘争心、生意気で高飛車な態度、いつだって自惚れた考え方を当然のようにするのは、「劣等感」からくる卑屈さから逃れるためだったのだろう。ようするに、そう振る舞うことで事前に予防線をはって、周囲を威嚇していたのだと思う。〝弱い犬ほどよく吠える〟ってところだろうか。

この生業を始めた最初の頃は、周りのすべてが大人という環境で、年齢詐称していることを忘れるくらいに職場が華やかすぎた。私のようなチビでバカでスタイルの悪い女が働くには一八〇度違う世界だと感じていた。でも一方で、そんな魅力的な世界に見えても、こういう夜の業界自体が世間から見れば少なからず「反社会的なもの」「あまりよくないもの」と受け止められていることも、私は当時ガキだったけどガキなりに理解していた。そのときなりにいろいろ理解したうえで、私は何の取り得もないし、いまの状況のなかでやっていくしかない、と考えていた。だからこそ、このキラキラしたように見える世界でだけは、何としても頑張ろうと思っていたのかもしれない。

「どうせ私なんて、中卒で頭は悪いし、追い出されたから実家もない。卒業を目前に追い出したくせに……。そんな母親は再婚をしたにも関わらず、遊ぶための金を私にせびり、そのために月に何十万も私は母親に送金しなくてはならない。断れば良いのだが、自分の揺れる愛憎ゆえに、それがいつしか当たり前になっていた。だから頼れる親もいない。一六歳から一人暮らしを始めたので、ほっておけば当たり前だけど毎月の家賃と光熱費の支払いに追い詰められる。とてもじゃないが普通のバイトで賄える余裕はなかった。本当にやらざるをえなかったんだ」

そんな環境のなかで過ごしてきた私は、いつのまにか何としてでも一人で強く生きていかなきゃならない、という術と考え方を身に着けていた。そして、それをずっと私なりに懸命にこなしていたんだ。そう、さっきから話しているこの〝全身ブランド女〟と、出会うまでは――。

＊

その日、仕事を終えた帰宅後、私は自分の仕事のスタンスをあらためて考え直した。昨夜の出来事が本当に悔しかった。自分でも驚いた。仕事にはプライドを持っている。そうやって私は生きてきたのだから。でも、それ以上に自分でもわからないほどに〝全身ブランド女〟には負けたくないという気持ちがあった。どうしても気になった。

私は、翌日からは初心に戻り、真面目に営業をすることに決めた。普段は疎かになっていた客への営業電話やメールを日々忘れずに入れて、まずは初歩的な同伴やアフターに力を入れることに専念した。そのおかげか、最近はずっと来なかった客やリピーターも増え始め、またたく間に私はナンバー1に返り咲きした。正直、安心したし、充実した気持ちになった。やっぱり私はすごいんだ。そうしたなかでも、私の苦手な〝全身ブランド女〟は、今までのコとは違って店を辞めずに頑張っていた。売り上げは、私と大差の数字で離れながらもナンバー2をキープしている。素直に、たいしたもんだ、と思った。こんなコはこれまでほとんどいなかった。

あとになって、私を絶望の淵に立たせたあの夜、すなわち〃全身ブランド女〃が色付きのドンペリをポンポン抜いていた日は、彼女の「誕生日」だったらしい、と、他の女のコに聞いた。何のイベントも無い平日に毎晩あんな派手な宴をやられたらたまったもんじゃない、と思って私は少し安堵した。


ここまでずっと〃全身ブランド女〃と呼んできたコ。

彼女の源氏名は、「沙耶」という。

私の二歳年上だ。もし呼ぶとすれば年上だから、「沙耶さん」と呼ぶことになるだろう。成績がどうあれ、年上に敬称をつけるのはこの業界での暗黙の了解だから。

沙耶さんは、この業界で働いているのが不思議なくらいキレイな人だった。接客中に他の席から聞こえてきた会話で、沙耶さんはどうやら、父親は日本人で母親がフランス人のハーフらしいということを知った。

ということは、沙耶さんは〃クォーター〃ということになる。なるほど、だからあんなに目鼻立ちがはっきりしていて、背が高くて脚も長いわけだ。読者モデルのバイトもしている、という噂があることも、納得できた。

出会いたてのこのころ、私は沙耶さんに対して、一つだけ気になっていることがあった。それは、私を見る時の「目つき」。あんな風に他の女のコや客と話している時は、温和で優しい目をしているのに、私とすれ違う瞬間だけは、鋭く〝キッ〟と、睨むように見えるのは単純に私の気のせいなのだろうか？

……いや、気のせいではないと思う。私は子供の頃から勘が冴えている。もしかしたら沙耶さんは、抜くに抜けない私の売り上げに苛立って〝ライバル視〟しているのかもしれない。そういえば、沙耶さんは私をわざと避けるように、話をしたこともなければ、入店初日から一度も挨拶を交わして無いような気がする。私は何となく、「私だけ嫌われてるのかな？」とか、考えてみたが思い当たる節はない。私と同じように、ただ単純に人見知りなだけなのかもしれない。そんなことを考えた。

「まあ、私に害が無ければ、どんな目つきで見ていようが全く関係ない。このまま自分のペースで仕事をしよう」と、思った。

＊

事件が起きたのは、私がそう思っていた矢先のことだった。その日の閉店後、私の指名客が延長したので少し長引いてしまい、着替えるのが最後になってしまった。帰る時にロッカールームに入ると、私のロングブーツの片方だけがなかった。

ロングだから折り目がついてしまうのが嫌で、わざと狭いロッカーの中には入れずに、敢えて外に立てかけて置いていたから誰かが片方を間違えて履いて帰ってしまったのだろうか？　でも皆、私物のブーツや靴を履いてくるのに間違えることなんて有り得るのだろうか？　それより、片方だけなくなるなんてバカな話、自分でも「嘘でしょ？」と、声に出して言ってしまうほど不思議だった。

私はそんな疑問を抱きつつ、私服に着替えながらも片方のブーツを探して辺りをキョロキョロと見回した。

やっぱりどこを何度も見てもない。こんな寒い日にどうしよう。と言うより、あんなに高かったグッチのブーツが……、と思うと憂鬱になった。

レジの計算と店のカギを閉めるために、私が帰るのをママと店長が残って待っていたので、私はママに、「ねえ、ママー。私のブーツなくなっちゃったの！　しかも片っぽだけ！　どうしよう！」と、泣きついた。

「え～？　何で片方？　誰か間違えちゃったんじゃないの？　あ～、それともアンタ嫌われてるから盗まれちゃったりしてね～！　でも片方なんて誰も使えないし、それなら盗んでも意味がないわね」と、ママは私のショックも知らずに、大笑いしながら言った。

ママは私を、店で一番可愛がってくれている。だから、一番冷やかしやすいのだろう。たまに、私をこうしてからかって大笑いする時がある。

「もう〜、ココはいつも間抜けなんだから〜、しょうがないから、今日は、その靴で帰りなさいよ。アンタどうせ、タクシーでしょ？　そうじゃなければ、そこの健康サンダル履いていけば？　楽だよ。明日になったら、ブーツはきっと出てくるんじゃない？」と、言ってくれた。私は少し考えてから、「うん。じゃあ、ママ。あのサンダルにするよ……。今日はアフター入れなくて本当に良かった。こんな姿は客には見せられないよ。明日、ブーツみつかれば良いけどなぁ。ママ、店長、じゃあ、お先にお疲れ様でーす」と言って、片方だけのブーツを寂しく持って揺らしながら外に出た。

真冬でストッキングに、このダサい健康サンダル。さっきまでボーイさんがこのサンダルを履いてトイレ掃除をしている姿を、よりによって見てしまった。寒風が脚をめがけてくるように吹いていて、もの凄く寒かった。足の裏はイボイボで痛いし、おまけに男用だから大きすぎて、何度も〝パコッパコッ〟と踵がサンダルから離れて転びそうになり、そこへみぞれ混じりの泥が横から入り込み、それがまた冷たくて、この冷たさとイボイボでつま先から麻痺してしまうんじゃないかと思った。〝最悪の日〟、寒さと痛さに耐えながら私の頭にはそんな言葉が浮かんだ。

こんなパコッパコッとなるサンダル姿じゃ恥ずかし過ぎて、コンビニにも寄れない。だから、おなかはすいているけど、ご飯も買えない。最悪だ。

仕方なく店を出て早々にタクシーを捕まえて乗り込んだ。ママが、「盗まれちゃったりしてね。でも片方なんて誰も使えないし、それなら盗んでも意味がないわね」と、笑いながら言っていた事を思い出して、「うん、そうだよね。たとえ片方盗んだとしても何の意味も価値もないのだから……」と自分を少し慰めた。ただ同時に、自分のみじめな気持ちが少しずつ怒りに変わっていくのも分かった。「もし、万が一、誰かが盗んだのなら、そいつを絶対にぶん殴ってやる！」。タクシーのなかで少しだけ温もりをとりもどした私は強くそう思った。

その怒りはタクシーを降りてもおさまらなかった。自動販売機で温かいコーヒーだけを買って、そしてエレベーターのボタンを連打するという子供じみた八つ当たりをしながら帰った。でも、どうしてだろう、部屋に入ると急に安心して、不思議なことに、私は自分でも驚くほど涙があふれた。愛猫が驚いて、少し私から離れた。

＊

翌日、ブーツが気になっていた私は、出勤してすぐに着替え室に入り、昨夜消えた片方のブーツの行方を早速探してみた。誰かが、せっかちなアルバイトの兄ちゃん達が運転している送りの車に乗るのに間に合いそうもなくて、ついつい自分のブーツと似たようなブーツの片方だけを履いて帰っちゃった可能性も否定できないわけだし……。私はまだそんな可能性を捨てきれずにいた。送りのバイトの兄ちゃん達は、昼の仕事と併用しながら深夜のバイトをしているので、一刻も早く女のコが指定した場所まで送りたいから、せっかちな人が多い。それでも頭の片隅では、たまたま私と同じブーツだったとしても、片方だけを間違えて履いていくなんて、信じがたいと思っている自分もいる。

来るコ来るコに「昨日、この辺に置いてあったグッチの黒いロングブーツ知らない？」と、聞いてみた。だけど、知っている人は誰もいなかった。原因は分からないけど、こうなったらもう出てくることはないだろう。「やっぱりか。そりゃそうだよね。あるわけないよね。残念でした」と、独り言を言いながら着替え室を出た。そして、このことはキッパリと諦めて私は仕事に集中しようと思った。

仕事がはじまり、いつもの忙しい時間が過ぎていく。それでも、まだ諦めきれないというか、どうもモヤモヤとした気持ちのままで待機をして座っている私の横に、突然、後輩のコが無理矢理入ってきた。

「ココさん、あのね」、「ん〜？　なになに？　音がうるさいからあんまり聞こえない」と顔をしかめながら言うと、今度は少し大きい声で、「あのね、ココさん、今あの先輩がいないから言いますけど、あのねワタシ、×××さんに昨日の夜、仕事が終わって友達と遊んでる時に偶然会ったんです。それで途中まで、ワタシの友達も入れて三人で話しながら歩いたんですけど、私、そこで、あの新しい先輩について、ちょっと聞いちゃったことがあるんです」と言い接客中の沙耶さんの背中を指差した。「沙耶さんのこと？」。私は嫌な予感がした。そんな私の気持ちの変化に気が付かずに後輩は話を続ける。

「これは×××さんから聞いた話なんですけど、ロアの近くに細い路地っぽいのあるじゃないですか？　あそこで、あの人が、多分ココさんが探してるブーツだと思うんですけど、泥と雪でグチャグチャになっている溝のところに足で押し込んでいたのを×××さんは見ちゃったらしいんです。あの新しい先輩には言わないでくださいよ。ワタシ、あの人、なんか近寄りがたいっていうか、苦手なんです」

私は表向きは冷静にその話を聞いた。「今日は、×××さん来てるかな？　もう少し詳しく聞きたいんだけど」と、笑顔で言うと、その後輩はパタパタと着替え室まで行ってすぐに戻り、「今日は×××さんはお休みです。シフト表を見たら、明日は出勤みたいですけど……」と、興奮気味に教えてくれた。私は「そうかぁ。それにしても教えてくれてありがとね。あのさ、一応、詳しい場所だけ教えてくれる」と、笑顔のままお願いして、後輩の可愛い丸顔にオレンジのチークで蜜柑色に染まっているほっぺをプニプニと軽く押した。後輩は笑って、自分の名刺の裏にその場所を書きながら指で細かく説明してくれて、「ワタシ、ココさんの味方ですから！」と、わけの分からない事を言い残し、元いた席に戻って行った。

それまでモヤモヤしたものでいっぱいだった私の頭のなかは、この思いがけない後輩の話で、恐ろしいほどにすっきりした。どこに並べたらいいのかまったくわからなかったジグソーパズルのピースが一つはまったと思ったらスルスルと次々はまっていき、完成図があっというまに目の前にできあがった、そんな感じだった。

私は後輩から詳しい場所を書いてもらった名刺をもって、静かに奥の小部屋に行った。「ママー、さっきから頭が痛くて。ちょっと薬買ってきても良い？」と言うと、「あらら、ココ、あんた熱あんの？ 風邪ひいた？ 生理？ ナロンエースなら持ってるけどソレ飲む？ それとも早退する？」と、気の毒なほど心配してくれた。それでも、そのときの私の気持ちはかたかった。現場を自分で見に行かないと――。

「早退はしなくても平気。私、薬はいつもバファリンルナじゃないと効かないから買いに行ってきて良い？ ちょうど私のお客さんもいないし。すぐに帰ってくるから大丈夫」と言った。ママは「そんなことボーイに買いに行かせなさいよ」と、ボーイさんを呼ぼうとしたが、それは上手く説得した。

ママに外出の許可を得て、私は外に出ると一気に階段を駆け上がり教えてもらった場所に全力で走った。そして、キレイなスーツ姿で盛り髪をした「いかにも」な格好の私は、見えそうな下着も気にせずに中腰になって、その溝らしき周辺を探した。暗いし、まだ雪がところどころに残っていた。汚れるのも気にせず手さぐりで探す。そんなに長い時間はいられない。ママに怪しまれてしまう。そう思って半分諦めた頃に、私の指さきがロングブーツの角らしき物体に触れた。

「あった！」

はやる気持ちを抑えながら、掘り起こそうとするのだが、想像よりも深い位置にあるようでなかなか動かない。それでも、ママへの言い訳を考えつつ懸命に引きずり出した「ソレ」は、確かにブーツのようではあるけれど、この雪泥水に一晩中埋められていたために、グニャグニャの大きな昆布のようになっていた。それは、たしかに私のグッチのブーツだった。

もの凄く頭にきていた。あの汚い泥水に一晩中浸けられて、スエードが泥水で膨らみグニャグニャに広がった大きな昆布、いや、私のグッチのロングブーツ。ふやけて重くて持ちづらいから、わきの下に挟んで店まで持って帰ることにした。真っ白なスーツが泥水で黒く染まる。

泥の雫はストッキングにまで伝わり地面に流れ落ちてきている。でも今はそんなことなど、一切気にならなかった。店に戻るまでの間に、昨夜の屈辱的な思いが一気によみがえってきた。あのイボイボで痛い健康サンダル、真冬の寒い夜、コンビニにも寄れず、エレベーターのボタンに八つ当たりするしなかったことを。

店に着いた。ドアを開けた瞬間、元気な大声で、「いらっしゃいま……アレ？　ココちゃん？　どうしたのその格好」と、まずはボーイさんが目を丸くしたが、私は、ただひたすらブランド女を目で捜した。

「あっ、あんな所にいたっ！　あの糞アマ！」、呑気に客と楽しそうに話しているのが見えた。だけどそんなことは、〝お構いなし〟に、短気な私はズカズカと近寄っていった。

もう耐えられなかった。私の客も見えたが、どう思われようが後のことは知ったことではない。このまま店をクビになってもいい。「おい！　てめえ！」、振り向きざまに汚れたブーツを頭上から思いっきり叩きつけてやった。頭を抱えた〝全身ブランド女〟こと沙耶さんはヒステリックに「キャ～！　なによ、いきなり！　痛った～い。一体なんなの？　あんた！」と女特有の悲鳴を上げた。私はこういう声が心の底から大嫌いだ。

「なによじゃね～んだよ！　コレ見ろよ！　ブーツだよ！　ブーツ！」、誰かが私をその場から引き離そうとしたような気もするが、ここまできたら、もう収まるわけが無い。「一体、あんたはなんなのよ！」と、沙耶さんはとうとう泣き出した。だけど、そんな事で怯む私ではなかった。固まってしまった店内の中、私の暴走は止まらなかった。彼女への捨て台詞は、「ブーツはなあ、二本無ければ履けねーんだよ！　それくらい学んでおけ！　このクズ！」。

そして私は、ドロドロになったスーツでブーツを持ったまま、店長とボーイに押されるようにママの小部屋に行った。この大トラブルの中、ママは一度も来なかった。私はママが、「きっと相当、怒るだろうな」と思っていた。そう覚悟していた。

「うわ～ココ、なんたってまた汚い格好して。どうしたの？　このブーツ、昨夜アンタが探してたブーツだね。理由はよくわかったわ。終わったら全員でミーティングやろうか、ココ？とりあえず、そこに座ってゆっくり一服しなさいよ」。意外な言葉がママの口から出た。ママは私と同じく事情があって、十代の時から銀座で働き、天下を取ってきた人だと、いつか誰かに聞いたことがある。確かに中年ではあるが、キレイだし相当やり手な感じはしていた。色んな修羅場を乗り越えてきたのだろうと思う。だから、この日の騒動くらいでママは動揺したりはしない。普段通りのママと話し、やっと少しずつ冷静さを取り戻した私は、そのままの格好で横にあった新聞の広告を下に敷いて床に座りタバコを吸った。そうして、完全に冷静さを取り戻した私は、自分がしでかしたことの重大さをじわじわと感じはじめていた。もう辞めるしかない……。

「私の今日の行動、これって完全にクビだよね？　辞めます」。冷静さを取り戻した私の口から、恐る恐るそうした言葉がこぼれた。ママは笑っていた。タバコを吸ったまま、いつもと変わらぬ口調で話した。

「なにを馬鹿なことを言ってんのよ。誰だって同じ事をされたら頭にくるのは当然でしょ？　何でアンタが辞めるのよ？　まあいいわ。アンタが辞めるなら沙耶をクビにしたっていいのよ。アンタの方が、この店から家が遠いのにちゃんと来て、いつも店に貢献してくれてるんだから。さっきの罵声が聞こえていたけど、アンタ結構やるじゃない。ますます気に入ったわ。あと、今日のミーティング、アンタが嫌なら別にやらないわよ。そんなに大事じゃないし。ただ、こんな汚い服だし、今日は気分的にも仕事なんか出来ないでしょ？　だから、今日はこの部屋でゆっくりしてなさいよ。だけど、ブーツごときでいちいち面倒だから私は沙耶を怒らないよ。ブーツなんて欲しけりゃ、私が明日にでも同じやつ買ってあげるから」

私はその言葉に涙が出た。昨日からわだかまっていた気持ちや不安がどっとあふれたのかも知れない。とにかく、いろんな感情がうずまいて、私は泣いてしまった。

この一件は私のなかでずっとくすぶり続けていた。どうして、ブーツを盗ったのだろう。どうして私のブーツだったのだろう。私はなぜ嫌われているのだろう。分からないことはたくさんあった。でも、私のなかで「あの女とは、何があっても絶対に口を聞かない」ということだけははっきりと決めたのだ。

いま思い出しても、最悪だ。

でも、これが私と沙耶の物語の「はじまり」になった。

第2章　近くへ

あのブーツ事件から数週間が過ぎた。相変わらずブランド女とは挨拶も交わさなければ目も合わせてはいない。けれど、毎日は特に何事もなく平和に過ぎていた。

正直、派手に着飾ったあの女なら、もう少し私を挑発して楽しませてくれるかと思ったけど、このゲームは案外呆気なく終わりそうだ。少し期待外れだったが、まあ、それならそれで良い。

私はそんな気持ちになっていた。

ボーイさんや女の子たちは、ブーツ事件での私の振る舞いに対して「あれはやりすぎだ」とか「傑作だった」など、勝手に言い合っていたが、私は、この仕事は指名を取って金を稼ぐことが基本で、自分と自分の客に害がなければどうでも良いと思っていた。

心のどこかでこの水商売を小馬鹿にしながら働いて、その金で飯を食っている現実。男を意のままにして大金を稼いで、そうして稼いだ金で生きている。因果なことだ。勘違いされると不愉快だから、はっきりと言っておくが私は仕事での報酬と客へのプライドは果てしなく高いが、この商売を「誇り」に思ったことは一度もない。ワケありの子が少なくないということもあるが、私は同世代の同業者の子たちを意識的に避けてきた。それにはそうした職業観も影響しているかもしれない。そう、この仕事はどう取り繕ってもセクシュアリティと若さという特権を最大限に活用した根無し草的稼業に過ぎないのだ。

だが本当は、そんな変わらない毎日の中で少しだけでも別の刺激を味わってみたいと思っている矛盾したもう一人の自分がいるのもまた事実でもあった。

私の趣味は愛猫と遊ぶことと音楽のＤＶＤ鑑賞。あとは、これは仕事の延長の意味もないことはないが、アフターのない夜にママと行くギャンブルくらいだ。仕事で個人的に厄日だった日はウサ晴らしに私からママを誘う時もある。ギャンブルというのはスリルがあって私の性分に向いている。

当然、一度に莫大な金を得ることも失うこともある。

それでも、はじめから〝綱渡り〟のような生き方をしていた私には、たとえ勝っても負けても精神的なバランスを保つ良いストレス解消になっていた。

ブーツ事件以来、そんな日々を送っていた私に転機がおとずれたのは、ある土砂降りの雨の夜のことだった。

客商売は天候に大きく左右される。常連でも足が遠のき、いつもは繁盛しているこの店もめずらしく空席だらけだった。

こんな時はいつもの派手な照明とユーロビートが場違いで滑稽に映る。だけどホステスたちにとって、そんな夜はちょっとしたガールズトークができるので、店には悪いが楽しいのもまた確かではある。

会話の内容は、恋愛に始まり、客の悪口や流行のメイクにファッション、海外旅行と、ごくありふれた女の子同士のものだ。聞かれない限り自分のことを話すのが苦手な私は、客の名刺をチェックしながらそんな話をヘラヘラと笑って聞くのが好きだ。

おしゃべりは盛り上がり、誰かがその日のターゲットをみつけ、突っ込みを入れながら更に盛り上がる。そんな中に一番端の方で、一人で脚を組んでつまらなそうにタバコをふかすブランド女がいた。別に誰も彼女を無視しているわけではなかった。私には、彼女が空気を読めないのではなく、単純にコミュニケーションは苦手なようでどうして良いか分からずに、自分から輪に入ることは避け自ら孤立しているようにも見えた。

いつしか話題の流れは音楽の話になった。皆が流行の歌で大いに盛り上がる中、私は隣のコに好きなアーティストを聞かれたので、「X JAPAN」と答えた。

それを聞いた周りの女の子が大きな声で、「え～、意外だなぁ。ココさんってそんなのが好きだったんだぁ」と、笑われた。

〝……そんなの、なのか？〟

一般的にはどうか知らないが、私にとっては、中学時代から唯一、夢中で聴きまくっていたヴィジュアル系バンドの元祖的存在ともいえる本命バンドだ。

「うん！　大好き。あのバンド以上の音楽に出会ったことは無い。でもね、解散しちゃったからねえ。だから今は、変わりに違うバンドの曲ばかり聴いてるって感じかな。X JAPAN よりも迫力がないのがつまらないけどね。復活してくれないかな、このままじゃ禁断症状が出ちゃいそう！」

と、笑いながら大声で言うと、端で淡々とタバコをふかしていたブランド女が私の目の前に近づいてきた。あまりに突然のことで、私はとっさに身構えた。周囲の子たちもブーッ事件以来、私とブランド女の関係が冷え切っているのを当然知っているから固唾を飲んだ。まさにそういう雰囲気だった。そんな私と周囲の動揺を知ってか知らずか、ブランド女は私をジッと見て、唐突に、

「そう！　そう！　そうだよね！　私も同じ！」

と、興奮しながら私の言葉に同意したのだった。

そのあまりに突然の振る舞いに驚き、私はどんな言葉を返せば良いのかまったくわからなくなった。それでも、そんな戸惑いを感じながらも、〝X JAPANが好きだなんて！　同じ人もいるんだ！〟、という偶然に、それ以上に嬉しくなった。

そうして私の横に座ったブランド女は、X JAPANの名曲について、X JAPANの伝説や格好良さについて、そして各メンバーについて熱く語ったのだった。多分この時、他の子たちは、私たちのことから興味は移り、とっくに違う会話に移っていたと思う。それでも、私たちは、X JAPANの魅力を話せば話すほどキリがなくて堰を切ったように夢中で語った。これまでの冷戦がウソのように。むしろ、これまで話していなかった分を取り戻すかのように話した。話は尽きなかった。それどころか不思議なことにすっかり意気投合してしまった。いまから考えると本当に不思議だ。だって、基本的に同じ年くらいの女の子と打ち解けることをあれだけ避けていた私なのに。しかも、相手はあのブランド女なのに。気が付くとどちらからともなくこう切り出していた。

「ねえ今日、お店が終わったら少し飲みに行きませんか？」

想像もつかない展開になっていた。

X JAPANの話で今まで気が合う人がいなかったので、たしかに私はこのバンドの魅力を大いに話せる相手が欲しかった。それがブランド女だっただけだと言えば簡単だが、彼女も話しながら興奮していることは手に取るようにわかった。

私はこの日ほど、胸が高まって閉店時間を待ち遠しく思ったことはなかった。

そして閉店間近、ママと昨日からしていたギャンブルに行く約束を断った。「あのね、今日はやめとく。それよりあのね、凄いんだよ！　沙耶さんと、偶然にも好きなアーティストが同じで盛り上がっちゃった！　私の周りで同じバンドが好きな人はあんまりいないから、今まで全然話せる人がいなくてさ。だからその話をしたいから後で少し飲んでくことにしたの。だからママ、明日アフターなかったらまた一緒に遊んで」と、得意げに言うと、ママは、「へ〜、あんたたち仲直りしたの？　それは良かったねココ。しかしあんたも単純バカねぇ。ま、それは何より。でもアンタ、明日も仕事なんだから飲んだらちゃんと早く帰るのよ。変なとこ行っちゃダメよ」と笑いながら言ってくれた。

店を終え、二人で店の近くのお洒落なダイニングバーに向かった。まさか彼女と二人で歩くとは考えたこともなかったので変な気持ちだった。店でＸ JAPAN のこと以外は話していないのでぎこちなかった。たぶん、彼女もそう思っていただろう。まして、たった〝ついさっき〟の会話の勢いだけで私たちはこうして並んで歩いている。近いはずのダイニングバーまでの距離が長く感じた。

店に着くと、私はカシスソーダをオーダーした。彼女は少し迷いながらカシスウーロンをオーダーした。

仕事帰りで小腹がすいていた私は、「沙耶さん、何か食べませんか？　えっと……とくに嫌いな食べ物ってありますか？」と言って、メニューを開くと、「トマト系以外は何でも好きだから、あとはココさんに任せますよ」と、遠慮がちに言ったので、何品かを適当に選んだ。さっき店で話した時とは違い、違う場所であらためていざ二人きりで向かい合うと、互いに緊張か照れなのか目を合わすことができないでいた。お互いにいまの事態を飲み込もうと努力していたのかもしれない。

それでも徐々に酒が入り、勢いと時間が経つにつれ、私たちは自然と饒舌になり、さっきの話の続きが始まった。それはまるで競うようにＸ JAPAN のストーリーや、一番感激したライブ、一番泣ける曲、持ってるＤＶＤの内容など。彼女もバンド自体はもちろん、どのメンバーも全員好きだったけど、とくに亡くなってしまったギタリストのＨＩＤＥの熱狂的なファンだったと知った。解散してしまったので、思い出だけを語ることしかできなかったのが切なかったけれど、その夜、私たちはX JAPANの凄さを満足するまでとことん話し合った。

それに、あれほど避けていたはずの彼女の笑顔をこんなに近くで見ているなんて何とも不思議な気持ちだった。


それからはカクテルを何杯か飲み、ビール、焼酎、ワインを空ける頃には、私はだいぶ酔いが回ってきていた。

私は今の店に入店した頃、「仕事に影響するから酒は呑んでものまれるな」と、ママに何度も教えられてきた。さすがに笑い上戸は止められなかったが、体はフラフラになってもおかげで頭の中は、わりといつもクリアでいることが多い。ところが驚くことに彼女は凛とした見た目と違い、お酒を次々と注文し、グビグビ飲んでは豪快にゲップまでした。

それを見て私は「ははは！　沙耶さんのイメージを勘違いしてましたよ。結構、おっさんみたいな人だったんですね。コレ見たら、沙耶さんのお客さんドン引きしちゃいますよ！」と、手を叩いて大笑いしていると、「そうですか～？　残念ながらコレが完全な素の私なんですよ～」と、はしゃぎながら割り箸で両手を高く上げクロスし、「we　are　X！」と叫んだ。

「ね、さっき店で言っていた、今は違うバンドの曲を聴いてるって話ししてましたよね？

それってどのバンドですか？」

「ん？　ああ、BUCK-TICKだよ。知ってますよね？　でも、ライブには行ったことがないから、今のところはYouTubeで観たり聴くだけですね」

「そっか〜、そういえば私も昔も好きだったな〜、懐かしいな〜。BUCK-TICKはまだ解散してないんですよね？　どうですか？　今度一緒にライブを見に行きませんか？」

その誘いはまたしても突然だった。でも私は、酒の場の話だったので冗談半分に、「おお〜！　いいね。是非行きましょうよ」と応えた。そしてまた色んな話に花が咲いた。もう時間も遅いし、二人とも相当酔っているので、これで帰ることにした。途中まで同じ方向なので同じタクシーに乗った。

沙耶さんは新宿の大通り沿いで降りると、「また明日、お店でね〜、今日は本当に楽しかったです！」と、大きく手を振った後、豪華なエントランスに吸い込まれていった。その後ろ姿をタクシーの車中から見送っていることがなんだか現実味のない感じだった。不思議な気持ちだった。そして、不思議な夜だった。

その夜は、私の方こそ本当に楽しかった。どうやら彼女を見た目だけで誤解していたようだ。あんなにサッパリとしていて面白い人だとは知らなかった。ブーツ事件があってから、「絶対に口を聞かない」と決めたこともすっかり忘れてしまった夜だった。久しぶりに美味しいお酒もたくさん飲めた。

こんな性格がママが私によく言う、〝単純バカ〟なところなのかもしれない。私も家に着き、普段は寝つきの悪さに困っていたのに、その夜は心身ともに気持ち良くてベッドにも潜り込むと、すぐに眠りの世界に吸い込まれていくのを感じた。

＊

その翌日は多忙な一日になることは予想できた。なぜなら、同伴出勤を同時に三つ抱えていたからだ。私は早めに家を出る準備をしていた。シャワーを浴びて髪を乾かしていると、ドライヤーの熱が頭皮を浸透して内側に向かって大きく脈を打つ。原因は自分でわかっている。これは完全な二日酔いだった。

昨夜、調子に乗ってあけたワインのせいだろう。ワインを飲んだ翌日は決まって頭が痛くなる。毎度のことだが、どうやら私の体質にワインは合わないらしい。

でも、昨夜のことははっきりと憶えていた。楽しくてついつい普段は避けていたワインを飲むほど、私が浮かれていたということだろう。

「そういえば、沙耶さんはタクシーを降りる時、相当酔っていたからあんまり憶えていないかな？」

〝ブランド女〟、こと、〝沙耶さん〟か。今まで、あんなに毛嫌いしていたくせに、いざ話してみるとあんなに馬が合う相手もいるんだな、と、彼女と飲みながら話したことを一人で振り返る。

おそらく今日の私は初っ端から忙しいだろう。慌しい前半の流れが落ち着いたら私の方から挨拶でもしてみようかな？　なんて、今度は良い意味で彼女のことが気になり始めていた。

同伴を複数抱えたそんな日は、いつも、その日の仕事の流れの段取りを組むのに必死で、ただひたすら眉間に皺を寄せイライラするのだが、その日は何故かめずらしく気持ちに余裕があった。

乾いた髪を毛先からコテで巻き上げて、客と待ち合わせ場所の再確認のメールをし、その日の予定を仕事のできる後輩に電話で伝える。

仕事が上手い後輩は何人かいたけど、私はほとんど決まったコにヘルプを任せることにしている。

私の同伴の掛け持ち方は、客との待ち合わせ時間を微妙にズラして強引に店に押し込むやり方だった。最初の客を迎えに行って喫茶店で軽くお茶を飲んでから店に連れて行き、少しお酒を飲ませ、程よく酔わせた後に隙を見てすぐに次の客を迎えに行き、同じようにお茶を飲んで店に連れて行く。それを繰り返しながら、とにかく入る限りの客数を先に強引に箱（店）へ詰め込む。

その間、私の代わりに先に来た客を盛り上げてくれるヘルプは重大な役目だ。もちろん、そのコだって店からのキャッシュバックもあるし、私から個人的なチップも渡していたので必然的に儲かる。だが責任は重い。

私が同伴客の全てを店に連れてくるまでに、先の客達を帰さないように、そのコなりのトークで上手く時間を繋げなくてはいけない。

そのコは連絡ではいつも「了解しました！」と、明るく言ってくれていたけど後輩だから気を使ってくれていたのは分かるし、万が一、それらの客が機嫌を悪くして帰ってしまったら、閉店後に「ふざけるな」と、私の激情的な説教が始まる。

だからプレッシャーは相当かかっていただろうと思う。だけどそのぶん、優先的にかわいがるし、任せた仕事が完璧な時はチップも弾むのでおいしい役目でもある。

こうしてこの日の仕事ピークの前半を終えた。その日は金曜日で余った女の子も待機席にはいなかったし休憩するわけにはいかなかったけど、ママの小部屋で一服させてもらった。それが終わると急いでトイレに行き、化粧直しをしながらリステリンでうがいをして、すぐさま客席へと戻って何事もなかったように笑顔を作る。

忙しい日は、他のコと会話をすることなどない。せいぜいがトイレですれ違った時に、「おはようございます！」の挨拶程度だ。

やがて、店は後半を終えようとしている。暗いライトが更に徐々に暗くなり、最後に流れる静かなラストソングを聞くと、その日一日、張り詰めた肩の力が抜けていく。この時間が私にはいつも心地の良い癒しのひと時だった。全ての客がはけると音楽は消え照明は一気に明るくなる。

こうして、ようやく自由がおとずれる。着替えてアフターに行ったり、送りの車に乗って帰ったり、個々で遊びに行ったりと、完全解散となる。

私は着替え、ママの売り上げ計算が終わるのを客のソファであくびをしながら待っていた。その時、これまた仕事中とほとんど変わらずド派手な私服に着替えた沙耶さんが近づいてきた。そう言えば忙しかったしトイレで会うこともなかったので挨拶すら忘れていた。

「ココさん、お疲れ様でした。夕べは酔ってすみませんでした」と沙耶さんのほうから笑いながら話しかけてきた。

私は、「あっ、沙耶さん。おはよう、って言うか、お疲れ様です。昨日の夜は私も本当に楽しかったです。また今度、飲みに行きましょうね」

と、素直に言った。

すると沙耶さんは、「あの、まだ先のことなんですけど、起きてから音楽関係のお客さんに早速聞いてみたら、昨日話したBUCK-TICKって、今ツアー中みたいなんです。五月八日の渋谷公会堂のライブに良かったら一緒に行きません？　あっ、ココさんが休めればですが……」

と、聞いてきた。

私は、「マジか⁉　行く行く〜！　もちろん仕事は調整して前もって休みますよ！」。

沙耶さんは、「良かった、一緒に行けますね！　早速、お客さんに言ってチケットを準備しておきますね！　じゃあ、今から送りの車で帰るので。お先に。お疲れ様でした〜」と、笑顔で言いながら、香水の甘い残り香をふんわりと残して帰って行った。

＊

気が付けば、あの晩を境に沙耶さんと私はよく話すようになっていた。思えばX JAPANへの共感から始まり、初めて一緒に飲んだときのこと、この先、二人で行くことになったBUCK-TICKのライブの話が二人の距離を一気に縮めてくれたのだろう。

あれほど頑なに、〝同業者の女友達はいらない〟と決めていたのに。沙耶さんの性格を知ってから、自ら溶け込んでいったようにも感じるし、なんとなく沙耶さんも同じように感じてくれたような気がした。

それは仕事上でも変化した。今までのヘルプを私の判断で完全に沙耶さんに切り替えた。どうせやるなら沙耶さんに儲かってほしいと思ったたし、この職歴も長いというから安心感もあった。仕事に対しては気難しく、自分の独特なこだわりが強い私にとっては、まだ頼りない部分もあったのは事実だが、〝コレもなにかの縁〟、と思い、沙耶さんに全てを賭ける事にした。

そんなこともあって、周りの女のコは「沙耶さんと何かあったんですか？」と、驚くほど急速に仲が深まってきていた。

渋谷公会堂に行くまで、まだ一ヶ月と少しあった。その間、よく二人で帰りにご飯を食べに行ったり、飲みにも行くようにもなった。

その頻度はママさえも「また沙耶と〜？　最近のココって、つまんないの」と、やきもちを焼くほどだった。私が沙耶さんに好感を持った大きな理由は、一緒に飲みに行く度に店のことや客のことや女のコの悪口を、決して言わないところだった。

沙耶さんが「無類の猫好き」ということもあって、私の家へ一度遊びに来るようになると、外で遊ぶだけでなく、お互いの家を行き来するようにもなった。そうやって、お互いに一緒に過ごす時間が増えれば増えるほど、私のなかの沙耶さんの情報はどんどん増えていくのだった。一緒にいるとき、沙耶さんはよくプライベートな話をしてくれた。その気安さも私にはうれしかった。

沙耶さんの好きなブランドはエルメスとシャネルとグッチ。血液型はB型。母親がフランス人のハーフだから沙耶さんはクォーター。二人姉妹、ちなみに二卵性の双子で沙耶さんは姉だということ。妹は実家暮らしで某有名大学に通っている。両親はとても厳しくて、品行方正な妹ばかりを可愛がっている。愛用の香水はランコムの〝トレゾア〟。好きな色は青。好きな食べ物はチョコレート。ゴキブリが大の苦手。癖は前髪をいじる。心配性で泣き虫。コーヒーにはミルクたっぷり。食パンは好きだけど耳が嫌い。彼氏とは遠距離恋愛で付き合って二年目。誕生日は一二月二四日のクリスマスイブ。そのことは何度か私に、「だからぁ、昔から誕生日プレゼントとクリスマスプレゼントが重なっちゃうから他の人より損してるの」、と自虐的に笑って言った。夢はロサンゼルスに行くこと。などなど、私が知った沙耶さんのことは数え上げたらキリが無い。彼女の話は聞いていて飽きなかった。天然で面白く、それでいて案外、真面目で几帳面、そして、よく泣き、よく笑う人だ。

そんな彼女の様子を見ているだけで私まで楽しい気分になってくる。

その頃から私たちは自然と敬語を使わなくなっていた。

私は普段、自分のことはほとんど話さなかった。話さなかったことに深い意味は無い。沙耶に聞かれたことには普通に答えた。彼女にされた質問の中でも印象に残っているものがある。それは、「ココって、なんでそんなに指名がポンポン取れるの？　秘訣はなに？」ということだった。

沙耶はちょうど今の店に移籍してきてから仕事で伸び悩んでいた頃だった。

答えは簡単だったけど、私は沙耶にまず最初に聞き返した。「沙耶って、この仕事一本でご飯食べてるの？　それとも何か本職があってコレは単なる副業のアルバイト？」。

沙耶は、「たまに読者モデルを頼まれてやることもあるけど、それはお金にならないし、ただの遊び。だからコレがメインの本業だよ」と答えた。

「ああそう、それなら話す意味があるから言うね。沙耶はね、客に素直すぎるんだよ。でもそれが悪いってことじゃないよ？　見ていて悔しくなるほど全然擦れていないの。それは客としても女としても凄く可愛いと思うけど、この世界はソレだけでは武器にならない。そこが下手だからもったいないよ。客に対して喜怒哀楽を見せちゃってる。しかもそれがたまに顔にモロに出てるよね。沙耶の客層って見ていると、言っちゃ悪いけどさ、間抜け面したスケベ男が多いでしょ？　フフ。前に一度、私が沙耶の客についたことがあるでしょ？　当然のようにベタベタと肩を組んできたり太腿を触ってきたりしてさ、上手くかわしたけどね。妙に馴れ馴れしかったのは良いとしても、どこか勘違いしてる。それは正直、沙耶の教育が悪いと思うんだよね。私の客は飲み方もキレイだし、金払いも良い紳士が多い。だから沙耶は全てを〝ハイハイ〟って毎回素直に受け入れないで、時には嗜めたりすることも必要なんじゃない？　その言葉は客としても男としても多少は待ってるから刺激を受けるんじゃないかな？　たしかに沙耶はキレイだし華がある。それは大きな特権だよ。だから他のコよりも最初はリピーターの速さと数が多い。それだけ他のコよりもチャンスもある。そのくせ、何度も長くは通ってくれない。飽きるんだろうね。私にすれば獲物を一度得て逃すことは、ハンター失格。でもね、本当は相手の心を本気で掴んじゃえば顔の可愛さやスタイルなんてあんまり関係ないんだよ。どうしてだと思う？　客なんて所詮、格好良く振舞っても好みの女や気の合う女やヤラせてくれそうな女を、わざわざ高いお金を払って全体的に物色してるだけなの。その金と時間を少しでも長く引っぱるのがその席に付いた女の役目。客は自分の限られた時間と予算の限度を知っているからね。もちろん、全部の男がそうじゃないよ？　それを見極めるのは女次第。長く相手を引っ張りたいのなら、それを逆手に持ち上げて上手く利用したり、時には腹立つ言動にも我慢しなくてはいけない。その中でおいしい部分だけは利用させてもらう。あと、冷たいと思われるかもしれないけどね、基本的に誰にも〝情〟は持たなくて良いと思う。たとえそいつが女にハマって借金しようとね。下手に情をかけると逆に女として負けだよ。最終的にはくだらない駆け引きの商売だけど、自分で一度でもこの仕事を〝向いてない〟と思うなら、安くても他の職業をやるのが賢明だと思うよ。辞めろって言ってるわけじゃないの、要するに騙していても騙されたふりしてキッパリと〝割り切る〟んだよ！」、と言った。

これは前から仕事の中で沙耶が持っている沢山のチャンスを何度も〝損してるな〟と感じていたことなので、私は強調した。

沙耶は困って泣きそうな顔をして真剣に聞いている。「じゃあ、お客さんの話なんて、本気じゃなくて半分程度聞流しても良いってことだよね？」と聞いてきたので、私は、「う～ん、なんて言えば良いのかな。一応、人と人との関わりだから、そう極端じゃなくて予防線を張ったり喜ぶ素振りを見せるのは当然だけど、個人的な哀しさも淋しさも一切出す必要は無い。とにかくさ、一人の客に構っていたらキリがないでしょ？　結局は自分が一番疲れちゃうんだよね。客に隙を与える素振りをしても絶対に与えないというか。あのさ、沙耶、この仕事長いならわかるはずでしょ？　私は不思議に思う。本当によくここまでやってこれたもんだね？　大したもんだわ。苦労したでしょ？」と言ってはみたものの、本当は初歩的すぎるそんな質問に呆れて正直イライラしたのを憶えている。〝ああ、沙耶も、この職歴が長い割りには、他の馬鹿女と大差ないのじゃないか？〟と。

それでも私は我慢して説明を続けた。

「じゃあ、ハッキリ言うよ！　この仕事を続けるとして、他のコと同じ時間、同じ店で働くなら、誰よりも沢山稼いだ方が特でしょ？　従順で真面目なのは良いけど野心も必要。まずは客の顔を全員〝福沢諭吉〟だと思って見てごらん！　それなら私の言ってる意味、分かるでしょ？　人に金をあげるより自分で札束を掴み取りたいでしょ！」と、強調して言うと沙耶は、「でも、一度もお客さんと寝たことはないよ。ちゃんとうまく断ったよ。来なくなっちゃったけど」と、小声で呟いた。主旨をよく理解できないらしい。

私は「だ〜か〜ら、それは当たり前のこと！　客なんて外でヤッたら、店に来て金払うのが馬鹿らしくて来なくなるよ。今は財布も気持ちもシビアなんだから。客が提示する金額が二度と店には来なくても良いほどの大金なら別だけど。そんなことはこの不況にめったにないから、普通の客には地道で微妙な駆け引きが大事なの！」。

またしてもよくわからない見当違いの沙耶の言い分に怒りたくもなったけど、その時の沙耶は、うつむいて目に涙を溜めていたので、「マズイ」と思い、私もついでに見当違いの本音をジョーク交じりで笑いながら言ってみた。

「あ〜あ、コレはさ、私がいつも勝手に思うことなんだけど、フィリピンパブや韓国パブで働く女のコは羨ましいよ。私たちより接客中に触られるのは圧倒的に多いから嫌かもしれないけど、それ以上に自分に都合の悪い話になると、日本語がわからないフリすりゃ良いんだもんねぇ。〝アナタガイウイミ　ワタシニホンゴシラナイカラワカラナイネ〟エヘヘ」と、外人さんの真似してカタコトで言うと、沙耶はようやく顔を上げて私を見ながら、「それ、すっごいわかる〜」と応えた。

沙耶は、真面目すぎるのだ。

私は彼女の仕事ぶりを見ながらずっとそう思っていた。だから、彼女の質問に対して、結構きつく言ってしまったのだと思う。でも、その真面目さこそが、沙耶のいいところなのは明らかだった。だから、自分で言うのも変だけど、こんな私でさえも彼女に心を開こうという気持ちになれたのだと思う。そういう気持ちもどこかにあった私は、複雑な感情で、彼女に相対していた。

第3章　渋谷でライブ

いよいよ明日は渋谷公会堂。略して、渋公。何度も行ったことがあるので場所は知っている。沙耶とは午前一一時半に待ち合わせだ。ライブは夕方から始まるので二人でランチを食べてから行く約束をしていた。仕事から帰ってきた私は思いっきり浮かれていた。その様はまるで遠足前の小学生。楽しみで眠れない。

こんな気持ち、何年ぶりだろう……。

X JAPAN のライブでは、好きなメンバーのコスプレをして行っていたが、BUCK-TICK のライブは初めてなので何を着ていけば良いかわからない。
噂によると昔は黒系の服が多いと聞いたが、今はあまり関係ないらしいので、できるだけシックでカジュアルな服装にし、髪の毛はコテで巻こうと決めた。
私は普段、家にいる時や近所に出る時は髪は一つに束ねて服はほとんどスエットの上下を着る。仕事での盛り髪にバリバリのスーツという姿からは想像できないくらいにラフだ。

どんな格好がいいのか本当にわからないから、普段はクローゼットで眠ってる一張羅のヴィヴィアン・ウエストウッドの変形スカートにしようとしたが、どうしても決められなかった。そこで、とうとう沙耶に電話した。ちょうど沙耶も同じように悩んでいたところらしい。結局、話して決めたのはいたってシンプル、初参戦らしく「チュニックとジーパン」だった。

バッグは沙耶のマネをして買った白い miumiu を使いたかったから、同じやつを持ってくるように言った。こんな何気ない些細なやり取りをできることも楽しい。

そして、「おやすみ〜」と言って電話を切ったが全く眠れそうになかった。

結局、眠れないので BUCK-TICK の曲を聴きながら予習を始めた。

これまでのライブ参戦は、一人ぼっちか、ネットで募ったファン仲間で見に行くことが多かった。でも今回はライブ云々というより、私にとって、〝沙耶と一緒〟、ということに意味があった。

この頃、私と沙耶の仲が良すぎて、うちの店の女のコの間では〝二人はレズ〟なのではないか？　などという馬鹿げた噂までたっていた。

翌朝はブラインドから差し込む光で目が覚めた。予習をしているうちにどうやら眠ってしまったらしい。もう九時半だった。シャワーを浴びて慌てて準備をして急いで待ち合わせ場所に向かった。

少し遅れてしまったが、沙耶はまだ来ていなかったので安心した。その時、うしろから〝ワッ〟と軽く背中を押された。振り返ると沙耶が笑いながら立っていた。

沙耶の全身を眺めて、デザインは違えど私と同じチュニックとジーパンなのに、長身でスタイルが良いだけで「同じ服でもこうも違うのか」と、そのクールな着こなしを見ながら思った。

ランチはどこかに適当に入るのかと思っていたら、沙耶が気を利かせてくれて美味しいと評判のフレンチのお店をわざわざ予約してくれていた。私たちはコースを食べながら、「うちらって、昼間から本当に贅沢だよね」と、笑い合った。

コースだと時間の余裕があるのでいろいろ話せる。沙耶は再来月には自分のマンションが更新時期なのでどうするかを悩んでいた。私は軽い気持ちで「いっそのこと、うちの近くに引っ越してくれば？」と言うと、「あっ、それいいかも！　更新より高いけど絶対に楽しそう！ココちゃんチの近くに引っ越すことに決めたっ！」と沙耶は即答した。今月中に物件を探すという。このフットワークの軽さは若さの特権だ。

喜び、怒り、哀しい、楽しい、嬉しい、好き、嫌い、キレイ、汚い、憂鬱、希望、絶望、最高、最低、最悪、愉快、不愉快……若かったこのころの私は、日々、ほとんど単語だけで成り立っていた。口にする単語のままに全て動き、生きていた。それは沙耶も同じだったと思う。現在から見れば清々しいほどの簡潔さがあり、憧れるほどの潔さとパワーがあった。頭の中に過去や未来の文字は無く、今……〝まさに今〟その瞬間だけを直に感じ、後にも先にも引きずる思いは何もなく、不快なことは簡単に振り切ることができた。そして快楽だけを器用に吸収できた。

ランチの後は原宿で買い物をした。途中の露店で売っていたブレスレットが可愛くて、私は赤で沙耶は緑、色違いをお揃いで買った。

気が付くとライブの時間が迫ってきたので会場へ急いだ。二人で洋服を見ていたら開演ギリギリになってしまったので慌てて向かったら、階段で転んで私のジーパンの膝が擦りむけてしまった。

それでも急いだ。何とかたどり着き、入り口で名前を言うと沙耶のおかげですんなりと入れた。なかはすでに多くの人で賑っていた。X JAPAN と違い女性のファンが多かった。

「BUCK-TICK のファンってキレイな人が多いね」とその様子を見て沙耶が、ボソッと言ったので「ウチラだって負けてないじゃん！　とくに、この辺が」と、擦りむいた膝を指さして冗談で返すと沙耶は大笑いをした。

いよいよ開演。緊張が高まってくる。私も沙耶も興奮しながら幕開けを待った。静まり返った暗闇の中から突然ステージがライトで浮かび上がり、初っ端から派手な演奏が始まった。観客の大歓声が沸き響く。

ボーカルの鋭い目と強い歌声。ギターの派手なアクション。BACK-TICKのライブが初めての私たちは、曲によって少し違う腕の振り方を周りを見て真似た。

X JAPANとはまた違う迫力と熱気で溢れていた。私は時々横を見る。沙耶は目を輝かせながらステージを見ている。腕を振る度に甘いトレゾアが香る。

途中で沙耶が、「BUCK-TICKのライブも良いね！　やっぱりボーカルかっこいい！　ココちゃんは誰が好き？」と聞くので、BUCK-TICKはツインギターなので「私はこっちのギターかな」と答えた。

そんな会話をしていると、ちょうどギターピックが近くに飛んできた。沙耶は他のファンを強引に押しのけて「痛っ！　いたたたた」と言いながら私に拾ってくれた。同じくピックを拾おうとした他のファンから手や足を踏まれたらしい。

私のために体を張ってくれたのが嬉しかった。ライブもいよいよクライマックスから後半になり、私も沙耶も知っている曲が流れ、感動しながら聴き入った。そしてアンコールも終わり、余韻を抱いたまま会場を後にした。

駅に向かって歩く。もっと一緒にいたかった。

私が「ゴハン食べてから帰ろうよ」と言った。すると沙耶は「良いよ！　じゃあ、ちょっと待ってて」と言って、どこかに電話をかけ始めた。なにやら話して、「妹もくるって！　ココちゃんに紹介したいの。妹のバイトこの近くなの。ちょうど片付けて帰るところを捕まえたよ！　そこのファミレスに来いって言っといた」と言った。私は「へぇ〜、楽しみだな。何のバイトしてるの？」と聞くと、「パン屋さん」と沙耶が言ったので、私は思わず「いや〜、ウチラと違って堅気ですなぁ」と言いながら腕組みして頷くと、沙耶は笑いを堪えきれずに噴き出した。妹とは、沙耶の双子の妹さんのことだ。よく話題には上るので、私も一度は会いたいと思っていた。

私と沙耶は先にファミレスに入ってメニューを見ていると、離れた場所から、もう一人の沙耶が現れた。二卵性の双子だと聞いていたけど、一卵性双生児のように目を疑うほど二人は似ていた。

その姿に見入っていると手を振りながらこっちに歩いてきた。「こんばんは〜」と、そのコは気さくに挨拶をしてくれた。沙耶が「コレが真樹だよ」と紹介してくれた。そのコは「真樹で〜す」と言って沙耶の隣に座った。髪型が少し違う以外、ソックリだ。目の前に沙耶が二人いるような錯覚を覚える。

初対面なのに真樹ちゃんは沙耶よりも社交的で人見知りをしないタイプだった。会話が途切れないような気遣いも上手く、自分から積極的に話してくれる。私は思わず、〝真樹ちゃんの方が実は水商売向きなんじゃないのか？〟と思うくらいだった。真樹ちゃんは都内の有名大学に実家から毎日通っている。今年で卒業。そのあとは外資系の仕事に就くことが決まっていた。見た目は沙耶と瓜二つだけど、将来の夢や目標をしっかり持っていて真面目で活発なコだった。フラフラしながら今だけを考え楽しむ私と沙耶とは明らかに違う。それでいて驕らない性格はとても好感が持てた。

真樹ちゃんが沙耶に「二人でどこに行ってきたの？」と聞いたので、沙耶は「BUCK-TICKのライブだよ」と答えると、「へぇ〜、なに、それ？」と真剣に聞いてきたのが印象深い。私とは真逆の世界に住む人のように感じて興味が湧き、色んなことを話していると、沙耶が隣でやきもちをやいて不貞腐れていた。そこが可愛いところでもあるが……いかにも〝沙耶らしい〟態度だった。帰り際に真樹ちゃんと電話番号とメアドの交換をした。そして帰りは、「またね〜」と、それぞれ別々の電車に乗って解散した。月が満ちる夜だった。

沙耶の物件探しは翌週から始まった。沙耶の第一希望だった私の住んでるマンションは空きがなく、同じ区の隣町に沙耶の条件に合ったマンションをみつけたので、その週末に引越しをすることにした。

幸い、私も休みだったので手伝うことにした。手伝うといってもほとんど業者がやってくれるので、小物を部屋に並べて窓にカーテンをつけるくらいだ。歩いて五分の距離、前よりもグッと近くなった。

それと同時に私たちが一緒に遊ぶ頻度も増えたことは言うまでもない。休みの日はもちろん、仕事が終わっても、カラオケ、居酒屋、ダーツ、ビリヤード、漫画喫茶、冷やかしの逆ナンなど、オールで遊ぶことが連日続いた。

第4章　真夏の宣告

それまで意識して見たことはなかったが、気がつけば沙耶はよく風邪薬や栄養ドリンクを飲んでいた。店の待機中にもそうだった。

私はその都度、「風邪ひいたの?」と聞くと、「うん、なんだか風邪っぽくて」と答えたので、「ああ、そう。大丈夫?」と気にも留めていなかった。

ただ、沙耶の家へ遊び行く度に、それを見る頻度は増えてきたような気がしていた。そういえば〝BUCK-TICKライブの休憩にも飲んでたな〟、と思い出した。

市販薬なのでもちろん合法ではあるが、私から見てあまりにも多用するので、もしかしたら依存か乱用しているのかもしれないと思い、「飲まなきゃヤバいくらいなの?」と聞くと、「うん、飲むと少しマシになるって言うか、安心する」という返事が返ってきたので、沙耶が薬を飲んでいる途中に私の実体験の怖い話をしたことがある。

「あのさ、私、この仕事やり始めた頃にさ、少し仲の良いコができて、たまに遊んでいたのね。で、そのコは良いコだったけどシャブとコカインの中毒だったの。知っていたけど、本人が好きでやってるものは言ってもしょうがないって思って、シャブやコカインのことは一度も触れたことはない。自然と暗黙の了解みたいになっちゃってね。まあ、言ってもやめるとは思えなかったけどね。で、そのコはしょっちゅう遅刻するから私がよく迎えに行ってた。そのコは店の寮に住んでいた。いつもドアの鍵が開いてるから勝手に出入りして起こしてた。で、ある日、迎えに行った時に、どうなってたと思う？」と、沙耶に聞くと、「ええ〜〜！　どうなってたの？　まさかココちゃんもシャブをやってたってことないよね？　で？　で？　どうなっていたの？」と、興奮しながら聞いてきた。

私は、「私は一度たりともやってないと神に誓えるよ。そのコに誘われたこともない。ただでさえタバコも酒もやめられないタチなのに、シャブなんかに浸かっていたら今頃どうなっていたことやら……で、ここから先は悲惨だから聞かない方が良いかな」と、自分から話しておきながら勝手に終わらせようとした。それでも沙耶は、「ねえ、どうなったの？　そこまで話したんだからズルいよ。最後までちゃんと話してよ！」と、催促をした。確かにそうだ。この話を先に始めたのは私だ。

「……そうだね。じゃあ、話すよ。そのコはベッドの上ですごい顔して横たわってた。声をかけても返事がなかった。死んでたの。横に注射器が転がってた。だからすぐにわかった、きっとオーバードーズってやつだと思う。超あせった。ただただ怖くて、その時は通報とか考えることもできずに無我夢中で逃げようとした。気がついた時には、そのコの部屋の片隅にいたハムスターをカゴごと持ち出してた。飢えてて今にも死にそうだったから……。一応、そんな中でも〝生〟を何とかしなくちゃいけない人としての理性が出たんだろうね」

沙耶は、ますます興奮しながら「で、それからどうなったの？　そのコは？　ハムスターは？　ココちゃんは？」と、くい気味に聞いてくる。

「……うん。私はそのコを放置したまま逃げるようにマンションの寮を後にした。で、一旦、自分の家に戻って、急いで近所のペットショップに行ってひまわりの種を買ってきて食べさせて、すぐに知り合いに電話してハムスターを預けた。そしてそのまま何ごともなかったように出勤した。その日は仕事中でもずっと体が震えっぱなしだったよ。そのコが店に出勤して来ないと不審に思った当時の店の店長が、営業途中で様子を見に行って彼女は発見された。で、当時は大きな刑事事件に発展したんだ。第一発見者は店長ってことでね。私はその後、その店をすぐに辞めちゃったからあとは知らない」

私は自分でも何故今さらこんな話をしているんだろう？　と思いながらも沙耶に続けて、「要するに薬は、必要以外はあんまり飲まないほうが良いよ。合法でも非合法でも」と言った。

沙耶は「……それは怖い話だね。でもね、ココちゃん。私、本当に体調悪いの。もうずっと風邪気味なんだもん。本当だよ」と言って、おでこを出してきたので触ってみると、たしかに熱っぽかったので、あと三日くらい経っても治らないようなら〝病院に行ってくれれば？〟と言った。沙耶は素直に「うん」と言ったのでそのときは安心したのだった。

数日経っても沙耶は治らなかった。それで約束通り近所の病院に行った。診察結果は「風邪」だった。沙耶はそこで抗生物質を一週間分処方されて飲んでいた。その間、市販の薬には一切手をつけることはなかった。どうやら〝依存〟や〝乱用〟は、私の思い込みだったようだ。正直、ホッとした。もちろん、沙耶の性格を考えれば、彼女が〝依存〟や〝乱用〟しているはずはなかったのだ。

病院からもらった薬がなくなっても沙耶の〝風邪〟は一向に治る気配はなかった。本人曰く、むしろ〝悪化〟しているという。

聞いてみると、微熱が引かないらしい。時には高熱も出て、真夏なのに寒くて毛布を何枚も重ねてくるまるように寝ているらしい。

それに全身の節々が痛く、熱のせいで大量の寝汗もかくという。そして、ビールを飲んでなくても翌日に水溶性の下痢が増え、口の中が痛いと思ったら真っ白になっているという。

たしかに、私と遊びに行ってもやたらと「疲れた疲れた」を繰り返して、また栄養ドリンクを飲み始めたりもした。

だが「連日の夜遊びが原因だ」とはじめは二人ともあまり気にかけることはなかった。仕事の帰りに私が「飲みに行こうよ」と誘っても、体がダルいらしく夜遊びを断ることが増えてきた。

他にも、脚の付け根のリンパ節が変だというので、見せてもらったら意味もなく茹で卵のように大きく腫れあがっていた。痛くはないと言うが、それらの変化は私から見ても明らかに異常だった。

薬を飲んでも治らない。病院に行っても治らない。一体なにが原因なのだろう。

そんな沙耶の様子を見ているうちに、私はふと思い出すことがあった。それは前年に読んだ雑誌の特集だった。まさにいま沙耶が悩んでいる症状とそっくりな記事があった。〝ＨＩＶ〟の記事だった。どうして思い出したのかと言うと、当時、私もそれを読んだ時、あてはまる症状があって怖くなり、保健所に検査を受けに行ったからだった。

でも、この私が大丈夫だったわけだし、冗談に近いノリで沙耶に、「もしかしてＨＩＶだったりして。検査行ったことある？」と、聞いてみると、「検査なんて受けたこともないよ。まさかそれはないでしょう！」と言った。私も「そりゃそうなんだけどね。私も去年、似たような症状があって受けたの。陰性だったけどね。だから本当に〝万が一〟、ってだけだよ。一応受けてみれば安心はするよ。それで陰性なら、また他の病気を疑えば良いよ。単なる消去法だよ！」と言うと、「じゃあ、ココちゃんも一緒に受けてよ。いくら万が一でも、一人で受けるなんて怖いよ」と言ったので、「うん、いいよ。そうしよう」という会話から、ネットで良さそうな新宿の検査所を調べて意思が変わらないうちにその場で予約の電話を入れた。

迷えば迷うほど、勇気がなくなって検査が先延ばしになってしまうことは私自身が経験しているからだ。

本当にそんな軽いノリから私たちはＨＩＶ抗体検査をすることに決めたのだった。

＊

私たちは、南新宿にある無料の診療所で検査を受けた。

いま思えばここが原点。まさに「はじまりの場所」だった。

この診療所は、ＨＩＶの検査を受ける人にとって、非常に有名だということを私はあとになってから知った。

土曜と日曜は四時半、平日は午後の七時までと、時間の限られたサラリーマンやＯＬなんかも会社帰りに訪れることが多い。

それに、これは土地柄なのだろうか、いわゆる同性愛者の間でも人気が高い、ということを聞いた。

私のＨＩＶ検査経験は、実はそれが初めてではなかった。あれは確か、ちょうどその一年前の出来事だった。

毎日、三七度前後の微熱が毎日続いた。私の場合、普段の平熱が低い方なので少し不安になり、近所の内科で受診をしたが、結果は単なる〝夏バテ〟ということで終わった。

それでもしばらく微熱は続き、病院の検査結果を疑ったりもしたが、結局は「仕事で疲れてるからかもしれない」と、勝手に自分に言い聞かせながら過ごしていた。

そんな時に、たまたまコンビニで目にした雑誌の〝ＨＩＶ特集〟を読んで、かなりの衝撃を受けてゾッとした。その頃に付き合っていた人というのは遊び人のミュージシャンだったし、何よりその特集に載っていた〝初期症状〟というものがまさにその時の私にピッタリと当てはまっていたのだ。それからというもの、微熱が高熱に変わったあげく、やたらと下痢をしたり、寝汗をかいたり、とうとう首のリンパ腺まで腫れ上がった。

「これは間違いなくＨＩＶの初期症状だ！」と、一度思い込むと、毎日そのことで頭がいっぱいで怖くなり、何度も迷ってやっと勇気を出し、近くの保健所に電話をかけてＨＩＶ抗体検査の予約を取り、そこで無料検査を受けることにしたのだった。

結果が出るまでの二週間は、もの凄く長く感じた。食欲もなく焦りと不安で生きた心地がしない。最後には「そうならそうで仕方ないのか」と、開き直ったりもした。

結果的には陰性だった。もちろん、とても安堵した。それに、どういうわけかあれほど体調不良だったのが、「陰性」という言葉を耳にした時から嘘のように治まった。

哀しいかな、人間というものは、どうしてこんなに〝ゲンキン〟な生き物なのだろうか……。

いま思えば、あれこそが俗に言う、「エイズノイローゼ」の典型的なパターンなのだろう。

それでも、保健所の検査を振り返ってみると、何だか腑に落ちないのは、医師の態度はあまりにも素っ気なく、気の紛れる会話をするわけでもなく、採血の際も事務的で、最後まで呆気ないほどクールだったことだ。

当然、他の保健所との違いはあるだろうが、個人的に感じたことは〝殺伐とした空間が余計に恐怖感だけを煽る〟ということだった。

そして「こんな不気味な場所で、もう二度と検査はしない」と、決めた。

その点、南新宿の診療所は、あの時の保健所のような暗さとは比較にはならないほど明るかった。

どことなく安心感のある外装の中規模なビルで、なかには間借りの会社がいくつかある。常に人が出入りしてるから、とても入りやすい。

そのビルの三階に検査室があった。

ガラス製のドアを開けると、まず眩しいほどに明るい照明が視界に入る。受付には親切な年配の看護師が二人いた。

その横の待合室は清潔感があり、きちんと並べられた椅子でキレイに整理されたスペースになっている。

真ん中に置いてあるテレビモニターには、検査の順序やＨＩＶの解説が繰り返し流れていて、手に取りやすい位置にＨＩＶの冊子がいくつも並んでいる。

更に右上のモニターには、電話で事前に言い渡された番号と同時に、これから検査や結果を聞く人たちの部屋の数字が順番に映し出される。

初めて来た人にも解りやすい仕組みになっていた。

私は流れる解説を聞きながら、周りを見回した。この診療所は検査を受けに来た人の不安を、「いかに和らげるか」に力を入れ、「ＨＩＶ」という感染症に対するダークなイメージをできるだけ払拭し、「一人でも多くの人が気軽に検査を受けられるように」と、最善の配慮をしていると感じた。

やはり医療機関の雰囲気は、不安と恐怖に怯えながら来る者にとって、検査時の「匿名性」

と同じくらいに大切なことだと思う。それによって、検査を受けるか受けないかの決断も大きく変わってくると私は思う。小さいようで、すごく重要なことだ。

＊

結果を聞きにおとずれた二度目の診療所。

いまでも目を閉じると、私はこのときの、茹だるような真夏の悪夢を思い出す。

カーテンの裏側で泣き崩れて動けなかった沙耶、年配医師が受付の看護師に指示をしたようで、何故か私まで沙耶の個室へと呼ばれ、代わりに説明を受けることになった。

なんとなく覚えていることと言えば……年配医師の長い説明を聞いてるうちに、私は眩暈がおきて倒れそうになったこと。それでも一刻も早くその場を去りたくて沙耶の手首やアップに束ねた髪を強引に引っ張り、それでもまだ鉛のように全身が重くて無理だったから、今度は必死に腰を持ち上げて、そのままズルズルと廊下を引きずるようにして、ただひたすら待合室だけを一目散に目指した。やっとの思いで辿り着き、さっきの椅子を目前にして、ようやく沙耶の腰から腕を放し、私も耐え切れずに足元から床に崩れ落ちたように思う。それからどのくらいその場にいたのだろうか？　気がつくと、受付の看護師が沙耶のポーチを勝手に開けて中へ冊子を突っ込んだ後、私たちに何かを話しかけていた事だけは少し記憶に残っていたが、たぶん頷くこともせず、自分が看護師に何を言ったかは全く覚えていない。

そんな中で唯一、象徴的だったのは沙耶の姿だ。キャミソールの中からブラ紐が肘までズリ落ち、束ねた髪はグシャグシャに解れ、涙で濡れ落ちたマスカラのせいで真っ黒な顔をして虚ろに宙を見ていた。

完全に壊れていた。


こうしてこの場所で、私たちと同じような思いをした人が今まで何人いたのだろう、そしてこれから何人現れるのだろう……。

思えば、あの日あの時が私たちの全ての歯車を狂わせた……。無邪気に入ったビルの入り口、そして明るかった照明さえも一瞬にしてモノクロな冷たい檻へと変わり、そこへ二人は閉じ込められたまま出口を塞がれた。

それ以来、私と沙耶は新宿がトラウマになっていた。

第5章　沙耶の彼氏

当時、沙耶には二歳年下の彼氏がいた。彼の名前は亮太という。二人は長身でバランスも取れていて、誰から見てもお似合いのカップルだった。

私も沙耶も、仕事や恋愛に対しても、一番充実していた時期だと言えるだろう。

沙耶は、「そのうち仕事を辞めて亮太と結婚したいなぁと思うんだけど、ココちゃんはどう思う？」と、私に度々聞いてきた。

私は賛成だったので、それこそ間髪を容れず、「もちろんだよ！　良いと思うよ！　それが良い！　沙耶達なら絶対に上手くいくと思う。亮太もそのつもりなんでしょ？　じゃあ早く結婚しなよ。当然、証人欄には私の名前を書かせてくれるんでしょ？」と、二人共よく知っている私は、照れてモジモジしている沙耶をひやかし、おちょくりながらも、心の中で「本当にそうなれば良いな」、いや、「そうなってほしい！」と、本当に思っていた。

なんせ、亮太を沙耶に紹介したのは、この私なのだから。

あれは確か二、三年前、沙耶とはまだ話したことがない頃、仕事終わりのストレスを発散するために、同い年の友達と一緒に寄ったクラブで、何気なく声をかけてきたのが、亮太とその友達の、一馬だった。その時は二人と電話番号を交換しただけだったけど、それ以来、そのクラブに行く度、亮太たちと顔を会わせるようになった。初めこそ、「軽いノリの奴らだな、少しウザったい。仕事帰りなのに疲れる」と、思っていたが、何度か趣味や世間話をするうちに、段々気が合い始めて、気がつくと他のクラブへ遊びに行ったり、飲みに行ったりするようになったのがきっかけで、彼らの良い面も知り、すっかり意気投合するようになった。当時、皆それぞれ彼氏や彼女もいたし、私のタイプでないこともあったけど、彼らとは恋愛感情を抜きにして、何故かすぐに溶け込み、気が付けば波長の合う遊び仲間となっていた。

亮太と一馬は、同じIT会社に勤める同期だった。二人とも明るくて、そこそこルックスも良い上に、金払いも良かった。クラブで顔を会わせるようになった頃、私は「どうして二人共そんなにかっこ良くて彼女もいるのに、なんで寝る時間まで削って、クラブでナンパなんかしてるの？」と、聞いてみた。すると亮太が、「う〜ん、ただでさえ残業が多いから彼女とあんまり会えないしね。それに正直言って、もう彼女に飽きちゃったし、だから残業が無い日は少しでも色んなクラブに行ってるんだ。でも俺たちの会社ってさ、基本的に女の子と出会いもほとんどないし」。私は、「へえ〜、そうなんだ。彼女がカワイそうじゃん、亮太ってちょっと嫌な感じだよね。でも意外な人もいるもんだね。初めは、一見真面目なサラリーマンに見えたけど、結構遊んでるんだ？」と言うと、「そう思う？」と、爽やかな顔して笑った。そんな出会いから、だらだらと長い友達付き合いが続くことになった。

一途な一馬は前から付き合っていた彼女と、いつも間にか出来ちゃった結婚をして、段々と落ち着いてきたのか、次第に遊びに加わらなくなってきた。そして、相変わらず変わらない亮太は、私が知ってるだけでも彼女を何人も変えていた。その都度、恋愛が終わり退屈になってくると、急に思い立ったように私へ電話してきて、「元気？　あのさ、誰かいい子いない？いたら紹介してよ」と言っていた。そんなチャラチャラした様子に、私はいつも呆れ笑いで半分聞き流していた。

あるとき久々に亮太から電話がきた。「俺、前に話した例の彼女と別れちゃったんだよね。ねえ誰かいないの？　いたら紹介してくれる？」とまた言ってきたので、「え？　もう別れちゃったの？　やっぱそうなったか。だけど亮太なら、すぐにきっと良い子がみつかるって！」と、私はいつものように流しながら言った。こんなことは彼にとってはいつものことだ。

でも、そう流したあと、その頃ちょうど彼氏と別れ、落ち込んでいた沙耶の顔をふと思い出したのだ。そうだ、沙耶に紹介してみようか。

「あっ、そうそう！　友達紹介してあげようか？　でも、私の大事な友達なんだから、今までみたいに遊んで捨てるようなマネしたら、絶対にタダじゃ済まないからね！　まあ、その子がOKだったらまた電話するよ」、そう言うと、「マジ？　超うれしい！　じゃ、おまえがセッティングしてよ。良い返事待ってるから！」とうれしそうに亮太は電話を切った。

ちょうど借りっぱなしだったDVDを返しに行くつもりだった私は、いいタイミングだと思って、そのついでにさっそく沙耶の家に寄ることにした。亮太を紹介する話をサラッと沙耶にすると、沙耶は前の彼氏を忘れるために、次の恋を真剣に探していたので、ことのほか喜んでくれた。その様子を見て私もなぜかうれしい気持ちになった。後日、私が間に入り、二人を池袋の居酒屋で会わせることにした。

結論から話せば、二人は付き合うことになった。後で聞くところによると互いに一目ぼれだったらしく、私の知らないところで、話はとんとん拍子に進んでいったようで、僅か数ヶ月で「結婚」という言葉が出るほどの、〝ラブラブカップル誕生！〟となったわけだ。

二人共、私の大切な友達。だからこそ、二人のくだらない惚気話に何時間もつき合わされたって、普段は面倒くさがりで意地悪な私でも、他の子に対する妬みや鬱陶しさは微塵も感じなかった。二人が喧嘩をした時は、悪化する前に素早く仲裁にも入った。

〝ああ、二人を会わせて本当に良かった〟と、素直な喜びと達成感があった。そして、その手柄が私にあることも少し嬉しかった。あれだけフラフラと遊んでいた亮太が、今ではすっかり沙耶一筋になり、沙耶も「こんなに誰かを好きになったの初めて。ココちゃん、本当にありがとう！」と、とても喜んでくれた。大好きな沙耶のそんな笑顔を見る度に、私も一緒に幸せな気持ちになった。

だけどそれも、あの「真夏の悪夢」ですべての歯車がくるってしまった。

＊

あのあと、南新宿でもらったパンフレットと医師の意見に従い、一番近い拠点病院にて、改めて再検査をした。沙耶の結果は、やはり陽性だった。

問診を受けて、血液検査の詳細、診断書、冊子をもらった。

もちろん、私も冷静でなんていられなかった。でも、ずっと茫然としている沙耶をみると私がしっかりしなくては、と思っていた。

病院での一通りの診察が終わった日の夕方、病院から沙耶の家に一緒に帰った。帰宅し部屋のドアを開け、鍵を閉めると、沙耶はさっきまで無言だった帰路の緊張が一気に解けたように、「亮太には絶対に言えないよ。どうしよう……。ねえ、ココちゃん、どうしたら良いと思う？もし、亮太が知ったら別れるしかないのかな？　ねえ？」と、叫ぶように泣きながら何度も私に聞いてきた。

私には、何も言えなかった。そんな沙耶の気持ちを受けとめることしかできなかった。いや、受けとめることができたかだって、分からない。

二人を結びつけたのは、紛れもなくこの私だ。だからこそ、余計にどうしようもない気持ちになる。沙耶が泣きながら私に聞いてくる、その度、凄く動揺してくる。何も言わずに胸の中で言い訳をしながら考えていた。

正直、私だって今回のＨＩＶの結果の事は全くの想定外だったし、最初の検査で知った時は、呆然としながらも、心の何処かで「嘘でしょ？　だって、偽陽性だってこともあるし……」、と思っていたし、再検査を受けた今もまだ信じられないでいる。私の頭の中も、沙耶と同じくパニック状態で考えがまとまらない。でも、それを亮太に言うべきか？　いや、言わない方が良いかもしれない。何度も考えた。

何度も考えて冷静に整理していくうちに、昼間、あの医者が言っていた言葉を思い出した。

「今の医学の進歩では、薬で抑えることが出来るから、死ぬことと結びつけてはいけない」

この言葉を信じて、まず、やらなきゃいけないことをしなくてはいけない。今は沙耶の精神状態も心配で仕方ないが、それは私がなんとかしていかなくては。

その前に、いずれにしても、亮太にも検査してもらわなくちゃいけない。

でも、「それで亮太が陰性だったら、沙耶は昔の彼氏から感染したの？　もし、そうだったら二人は別れてしまうの？」。整理したはずなのに、また揺れ始める。

そうやって考えながら、それでも沙耶にかける言葉はどうしても見つからなかった。

帰宅してから、何時間が経ったのだろう。突然、隣の部屋から〝ガチャーン〞と激しい音が聞こえた。

沙耶だ。あの音は多分、姿見を何かで割ったに違いない。その姿見は、数週間前の休みの日に、沙耶と一緒にアウトレットへ行った時に二人で買った物だった。あの日、何気なくフラフラ見回していると、私の視界に吸い寄せられるように鮮やかな水色の鏡が入ってきた。それはお洒落なツートンカラーで、角度に凝った楕円形で、背丈ほど大きく、縦にも横にも使える優れものだった。それを発見した私が、少し先をのんびりと歩く沙耶を呼び止めて、「ねえ、来て来て！　コレ、すごく可愛いよね？」と言うと、沙耶が駆け寄ってきて「わー、めちゃめちゃ可愛い。ねえねえココちゃん、お揃いにしようよ！」と、勢いで買ったは良いけど、そんな大荷物を買った日に限って、なかなかタクシーが捕まらないから、「もういいやっ！　歩いて帰ろっ！　タクシー代も浮くしね！　余裕余裕！」と開き直って、それぞれ、その姿見を担ぎ、裏道を歩き、途中でコンビニに寄ったり、落としたりしながらも時間をかけて何とか歩いて帰ってきた。

私も沙耶も、その姿見がとてもお気に入りだった。

その鏡を沙耶が割ってしまった……。

どうしよう……。何も言えないでいる私に苛立ったのか。それとも、何故こうなってしまったのか？　と、やり切れない思いがこみ上げて収まらないのか。だけど当然、私も同じ気持ちだった。

その日は結局、沙耶には気の利いた言葉は何も言えなかった。それ以前に一言も話せなかった。次第に沙耶も何も言わなくなった。テレビもつけていないこの部屋の空気は、異様な重さだった。耐えることができないくらいに重かった。でも、沙耶を置いて、ここで逃げ帰るわけにはいかない。姿見が割れた後、沙耶のすすり泣く声が聞こえて、しばらくすると消えた。その後、沙耶が隣の部屋で何を考えていたかは分からない。
私は沙耶の部屋のリビングの壁にもたれかかったまま、その夜を明かした。

第6章　浅はかな打算

亮太に、このことを初めてを告げるまでに、色んな葛藤があった。

それでも、亮太に沙耶のことを、私は告げた。彼は、とにかく何度も私に、「それって、もしかして俺のせいなのかな？　そうだとしたら、マジどうしよう……」と繰り返した。そして、「仕事の目処がついたら、なるべく早く〝どっか〟で検査してくるよ」と、私に約束してくれていた。

私はわざと口実を付けて、何がなんでも絶対に沙耶と同じ場所で検査してもらおうと考えていた。亮太は別に理由を聞かずに「わかった」と、私の言葉を素直に受け止め、すぐに実行してくれた。

私が、亮太に沙耶と同じ場所で検査を受けてほしかった理由は、彼を疑っていたことにある。亮太の女性遍歴を考えたら、間違いなく原因は亮太にあるはずだ。そう、私は沙耶のＨＩＶの原因は亮太だと、疑っていたのだ。だから、「あの場所で沙耶と同じショックを平等に味わってもらわなくちゃ不公平だ！」という勝手な理屈から、亮太に変なお願いをしたのだった。

いま思えば、「あいつが沙耶にＨＩＶをうつした奴なんだ」と決めつけ、沙耶の涙を見る度にその悔しさが亮太への憎しみに変わっていったのかもしれない。もちろん、こんなくだらない私の理不尽な想いを沙耶には言えなかった。

沙耶は自分の感染を知ってからも変わらず亮太を愛していた。それが分かっているからこそ、私は自分のやるせない気持ちを亮太への理不尽な憎しみに変えていたのかもしれない。

今になると、「そんな憎しみに何の意味のあったのだろう？　一人でも感染者が出ない方が良い」と、あたり前のことを思えるが、当時の私には冷静に判断することなんて到底無理な話だった。

いよいよ亮太の結果が判る日の前夜。仕事の途中で入った亮太からのメールによると、夕方六時に結果を聞きに行く予約を入れたらしい。会社を五時には切り上げて、そのまま職場から南新宿へ向かう予定だと書いてあった。

私は、「了解。そのあと会って話そう。私も新宿に行くから」と、すぐに返事をした。

そのメールを見てから、私はまったく集中して仕事ができなかった。いつもは仕事とプライベートをしっかり分けて働いてきた私だけど、その日の接客はどうにも駄目だった。客との会話も上の空だった。

そして閉店間際には、いつもの倍以上にどっと疲れた。きっと亮太にメールを返してから、ずっと明日の結果ばかりを気にしていたからだと思う。

帰宅してテーブルを見ると、ラップがかかったチャーハンが置いてあった。チャーハンは私の好物だ。耳を澄ませば奥のバスルームからシャワーの音が聞こえてくる……沙耶だ。

私がチャーハンが好きなことを知っていて、わざわざ作ってくれたのだ。

疲れて帰ってきた私には、その気持ちがとても嬉しかった。

あれからの沙耶は、いつも近くにいた。

「一人じゃきっと耐えられそうにない」。結果を聞いた翌日の朝、帰ろうとした私に沙耶が発した一言だった。それなら「落ち着くまで」と、私の家でしばらく一緒に過ごすことになったのだ。

亮太の検査結果がでる日。私は何も手に付かなかった。それは沙耶にとっても同じことだった。私は今の店に移籍してから初めての無断欠勤をした。沙耶は当日欠勤を取るため、店に電話を入れた。

沙耶は私の無断欠勤をひどく心配してくれたけど、私は初めからそのつもりだった。なんたって店のトップ二人が同時に当欠を取れるわけがないのは、とっくに承知していた。それを知っているからこそ、私の方は敢えて沙耶と時間差で、〝罰金有り〟の無欠を選んだ。私たちが毎日一緒にいることは、店の誰も知らない。もちろんＨＩＶのことも亮太以外、まだ誰にも言ってないし、言えるわけがない。

この日は仕事のことなんて本当にどうだって良かった。私は客からの電話も全て無視してメールさえも返さなかった。

ただ、着信音が鳴るだけで「もしかしたら亮太からかもしれない」と思うと、恐怖で体が勝手に過剰反応を示し始めて、どうしても膝の震えだけは両手で押さえても止まらなかった。

それでも沙耶に頼まれた〝亮太の結果を直接聞きに行く〟という、一番重大な任務をまだ果たしていなかったので、たとえこの震えが止まらなくても絶対にやり遂げなくてはいけなかった。

この日、時間が近づくにつれ、「私が家を出る前まで、少し別の話題にしようよ」と、私の方から会話を変えようとした。

亮太の結果が出ない限り、とやかく言っても仕方が無いと、途中でようやく気がついたからだ。何か楽しい話題はないかと探して、ライブに行って以来、好きになったBUCK-TICKの新曲の話題へと無理矢理に持っていこうとしたが、どうしても途中で上手く言葉が続かない。またすぐに耐えきれないほどの沈黙が二人の間を支配してしまう。

それを察した沙耶は気まずそうに、「ねえ、ココちゃん、もしも亮太に何があったとしても今日だけは頼むね。私は会うことはできないし……。一人で行かせて本当にごめん。私はこのまま家でココちゃんの連絡をずっと待ってるから。気をつけて行って来て。本当にごめん……」と言い、また泣いた。

そんなに謝らないでほしかった。それに泣かれると辛くなる。何気ない日常だったのが何故こんなことになってしまったのだろう……。そういう気持ちが沙耶の涙を見ているとどんどん大きくなっていくのに気が付いた。

現実をさかのぼることは無理だと知っていながらも、軽いノリだけで二人を会わせてしまったことに対して、沙耶のＨＩＶが発覚したあの日からずっと後悔していた。

だからこそ私にはその責任を負う義務が多分にある。

その日、私の胸の中にあったのは、「責任」という大きな二文字だった。

＊

少しの時間をさかのぼる。

亮太の検査結果がでる前のここ数日、沙耶の体調は何だか優れない様子だった。

一緒に楽しくテレビを見ている最中に、横で頻繁に熱を測ったり、強い頭痛で食欲がなかったり、暑いのに服を重ね着していたり……。

ある時なんかは何度呼んでも返事がないから、気になって部屋を覗いてみるとダルそうに横になっていることもあった。

そして亮太の結果が出るこの日もまた、具合が悪そうに見えた。

それでも沙耶は心配性な私を気遣い、いつも自分の体調不良を一切口に出さず、今日も黙って市販の解熱剤を飲んだあと、リビングのソファに丸まって猫のように体を沈めていた。

これはまだ、拠点病院に行って精密な検査を受ける前だったけど、こういう事はたまにあったし、もちろん誰だって体調が悪い日もあるから特別な不安はなかった。

それに、ＨＩＶの潜伏期間というものは〝五年から一〇年は無症候期が続く〟、という知識くらいは私も持っていたので、そのことを考えれば沙耶の感染発覚はごく最近のことだし、この程度ならＨＩＶ感染から徐々に進行していくという、〝日和見感染やエイズの発症〟とは直接の関係性はなく、おそらく普通の風邪か疲労だろうと思っていた。「このくらい大丈夫！　大丈夫！　私だって具合が悪いのはしょっちゅうだし！」と、勝手に決めつけて自己解決をしていた。

後に拠点病院で初めて数値を測って判明したことだが、この時すでに沙耶のウイルス量は高かったのだ。さらにＣＤ４という免疫の数値が凄く低く、まだまだ先だと思っていた投薬が、すぐ必要なところまできていた。

しかし、当時の私はそのことを知らなかったし、また、沙耶がすごく悪いと思いたくなく気持ちもあった。沙耶の身体が発するサインをきちんと受け止めきれていなかったのだ。私も沙耶も……。

沙耶の〝陽性〟という告知を聞いた時は、二人で経験したことのない〝大打撃〟をくらい、今でもその悪夢は消えることはない。だが、いまはＨＩＶを甘く見ていた自分の無知さ加減に腹が立つ。

その頃からだと思う。私は、沙耶の役に立てればと、ネットで調べたりＨＩＶの専門本を読んだりして、この病気を一から勉強するようになっていった。そうするとこれまで全然知らなかったことが次々と分かった。何故か最近の日本では、感染者数は確実に増えているのにあまり報じられないこと。でも、どうして報道されないのだろう。何か言えない事情があるのだろうか？　私は海外のＨＩＶ関連の最新ニュースや、たまに出る日本のニュースには真っ先に飛びつき、それらパソコンの画面や新聞を穴が開くほど見た。みんな、これまでは遠い世界の出来事だと思っていたことが、いまは自分の身近なニュースとして私の耳に入ってきた。

沙耶は私の親友だ。沙耶にとっては時間が経つことはなく止まったままで、この先もずっと悩みながらこのウイルスと戦うことになるのだろう……。どうしたら、そして何が私は沙耶のためにできるのだろうか。

その頃の私は、寝る前にベッドの中でいつもひたすら祈っていた。「時間を取り戻したい……」、と。そして、沙耶の陽性が判明した日からこれまでのことを何度も暗がりのなかで反芻した。

感染を知った日の翌日、沙耶は自分から亮太の電話とメールを拒否にした。「亮太とは少し距離を置こうと思う……」と、突然私に言った。

その気持ちは痛いほど解った。だから別に驚かなかったし、何も言わなかった。私も、沙耶と同じくその日から亮太と連絡を取ることをやめた。

もしかすると何か考えがあったわけではないかもしれない。その頃は私もショックからなのか、それとも途方にくれてなのか、ずっと言葉にできない脱力感をかかえていたし。沙耶も亮太だけではなく妹からの電話さえも無視し続けていた。二人とも誰かに会う気なんて全くおきなかった。私たちはこの時期、仕事に出る以外はほとんど家に引きこもっていた。

それだけじゃない。やたらと猜疑心が強くなっていた。

別に何も悪いことはしていない。それなのに、お互いがまるで何かの事件を犯した「共犯者」のように、ひっそりと息をひそめ、ただ一緒に毎日を過ごしていた。

当然、亮太は理由など何も知らないから、急に沙耶と連絡が取れなくなってしまったことに驚いたに違いない。困ったあげく、親友である私に聞きけば分かると思ったのだろう、何度も私に電話やメールをしてきた。それでも、私はそれにどうしても対応することが出来ないでいた。それでも変わらず電話が鳴り続ける。当然、ずっとこのままにしておくわけにはいかないだろう。

それは私がずっと感じていた後ろめたさのためだったのかもしれない。それでも決断をしないといけないと心に決めた。

「もうこれ以上、亮太から逃げるのはやめよう」。

私は、沙耶にそっと、そしてきっぱりと話した。

沙耶も、そろそろ限界だと思っていた。自分もそして自分以外の人も……。

沙耶とゆっくりと時間をかけて話し合った。そして、出した答えは「このことは亮太にだけは知らせなきゃいけない」というものだった。

いま言葉にすると当然のように思えるし、すごく簡単なようにも思えるけど、これは本当に絞り出すようにして決めたことだった。

決めたからには早く実行しなくてはいけない……。

ただ、沙耶から亮太に連絡をする決心はどうしてもできなかった。私はその役目をひき受けた。

私から亮太に電話をかけてみると留守電だった。そのまま何もメッセージを残さず電話を切った。すると、その数分後、すぐに亮太からかかってきた。きっと不在着信を見てあわてて折り返してくれたのだろう。

亮太は開口一番、「やっと出てくれた。なあ、沙耶どうかした？ 電話もメールも拒否られてるんだけど。おまえ、俺に絶対何か隠してるだろ？ 沙耶に好きな人でもできた？ 知ってるんだろ？ 早く教えろよ」と、まくしたてた。ずっと連絡がつかなかったのだから当然かもしれない。その声にはとまどいと怒りがこもっていた。

「亮太を二人で無視していたことは本当に悪かったと思う。ごめん。でもね、そういう理由じゃないの」と、前置きしてから私は話を切り出した。

「実はこの前、何気なく沙耶と一緒にＨＩＶの検査に行ったんだけど、沙耶に陽性反応が出ちゃって。今月中には近くの拠点病院へ詳しい検査に行くつもりだし、そうすればちゃんとした結果が出ると思う。ただ、沙耶が精神的に参っちゃって、亮太のことを考えるとすぐに泣いちゃうし、このままだと仕事もできないから休んでる状態なの。病院に行くのは早ければ早い方が良いみたいだけど、沙耶はどうしても私と二人で行きたいって言うんだ。でも私まで休むわけにはいかなくて……。そういう状況だから今ね、沙耶は私の家にいる。一人になると不安になっちゃうみたいで。仕事前に何とか少しでも気を紛れさせようと検査室でもらった冊子に書いてあった電話相談に何回もかけて、検査ミスの確率を聞いたり、今後の事とか色々相談してる。検査では稀に〝偽陽性〟も出るには出るらしいこともそこで聞いたんだ。ただやっぱりほんの一部みたい。だから沙耶は亮太には言えなかったし、私からも言うことが出来なかったんだよ！」

電話する前は、どうやって伝えようかと悩んでいたのに、いざ亮太の声を聞いたら、堰を切ったように言葉が出てきた。早口で私はまくしたてた。それまで亮太に黙っていた分を一気に吐き出すように。

その話を聞いた亮太は、私のいきなりの早口にびっくりしたのだろう。何より言っている内容が突飛すぎてすぐには理解できなかったのも無理はない。そのくらい私は興奮していた。

「おい、ちょっと待てって！　おまえの言ってることがよく分からない。もっとゆっくり話してよ」

亮太の言葉に我にかえり、整理しながら、私なりにゆっくりと話した。それでも覚束ない言葉だったと思う。なによりまだ私自身が気持ちのうえで何の整理もできていなかったのだから。

何とか最後まで話し終えると、亮太は黙った。しばらく沈黙は続いた。

沈黙を破って亮太が最初に言った言葉は、「感染させたのは俺かもしれない。今までそんなこと考えもせずに遊んできたし。でもやっぱり、それでも沙耶のことが好きだし、そこにいるならちょっと電話変わってくれる？」というものだった。

私は沙耶を見た。そして私の携帯を渡そうとした。すると、後ろを向いてそのまま隣の部屋に入ってしまった。その様子を亮太に話すと、「じゃ、とにかく会いたいって伝えといて。まずは直接会って話をしたいって。俺もすぐに検査するし、着信拒否も解除するようにって、頼むから伝えて！」と、何度も言った。

私は電話を切ってすぐに、亮太の言ったことを沙耶へ伝えた。沙耶は泣きながらも頷いて聞いてはくれていたが、それでも亮太からのメールと電話の拒否は一向に解除する気配もなく、「いつか話す時はあるかもしれないけど、今は会う気は無い」と、私にキッパリと言った。

それ以降、私は電話を持った「伝書鳩」になった。

二人の板ばさみで、全てのプレッシャーが圧し掛かり、〝伝言を伝える窓口〟という役目で右往左往することになった。

＊

亮太の検査結果がでる日に戻ろう。

私は、やたらと時計ばかりが気になっていた。やっと午後三時を過ぎた頃、焦る思いから、まだ早いとは分かりつつ新宿へと向かう準備を始めた。

沙耶の体調のことは、当然気になっていた。それでもはやる気持ちは抑えきれず、四時半には新宿に着いてしまった。この気持ちを落ち着かせようと、とりあえずアルタの中を一人でブラブラと歩いてはみたものの、まったく落ち着かなかった。時間が経つのは、こんなにも遅かっただろうか。まだ亮太から連絡がくる予定まではずいぶんと時間があった。スタバに入ってコーヒーを注文し、私はあえて外の椅子に座りながら続けざまにタバコを吸った。場所を変えても気分は同じだろうから、私はそのまま亮太からの連絡を待つことにした。

沙耶の検査結果の日から二ヶ月近く経っていた。たった二ヶ月なのに、私と沙耶にはとても長く感じた。こうして外に座りながら歩く人たちを見ると、着衣がノースリーブから七分丈のトップスやカーディガンへと変わっていた。私はいつの間にか、夏も残りわずかで、もう秋の気配が少しずつ強くなっていることを感じた。それは、否応なしにも時間は流れているという証拠でもあった。

そんなことを考えているうちにメールが鳴った。亮太からだ。

「新宿に着いた。今から南口を出るところ。これから結果を聞いてくる。六時過ぎには終わると思うけど、会うには東口は混んでるだろうし、悪いけどGAPの前で待ってて」

時計は今、五時二〇分を回ったところだ。普段は時間にルーズな亮太にしては早い連絡だった。亮太も同じように落ち着かない気持ちなのだろう。

GAPはこの場所から徒歩で一〇分くらいの距離だった。南新宿とちょうど中間ということもあり、マイナーだが意外と分かりやすいので、デートなどの待ち合わせなどでよく使われる場所だ。

私は、「あと一服してから歩くことにしよう。果たして亮太は、どんな顔をしてくるのだろうか？　きっと落胆してるに違いない。でも大丈夫。その時かける言葉は、もう考えてある」と思っていた。

亮太の検査結果を聞いたあと、どういう言葉をかけるか私は勝手に考えたていた。言ってみれば〝シナリオ〟を考えていたのだ。そのとき、私は亮太の検査結果を勝手に決めてかかっていた。沙耶は亮太が原因でＨＩＶになった。亮太が陽性でないはずはない。だからこのシナリオ通りに事が運べば「すべては上手くいくはずだろう」という根拠のない自信があった。

このシナリオに沿って、私は完璧に演じるつもりだった。

陽性の結果を聞いて、私はこう言えばいいのだ。

「そっか……。私、いろいろ調べたんだ。そうしたら今の医学は凄く進歩していて、発病を抑える薬を時間通りさえに飲めば、普通の寿命とほとんど変わらないみたい。極端に言えば一生発病しない人もいるんだって。それに女性の場合、結婚して子供だって普通に産めるらしいし。生活改善も少しは必要だけど無理に変えることはないらしいよ。ただ、ストレスは免疫低下の一番の敵らしいけどね……。ところでさ、沙耶はそれでも亮太を愛しているから、これからも変わらずにずっと一緒にいたいって言ってたよ。亮太もそう思わない？　どう思う？」と。

私は沙耶にしあわせになってもらいたかった。特に亮太とはずっと一緒にいてほしかった。あの日以来、沙耶の様子をみて心からそう思っていた。沙耶には亮太が必要なんだ。前と変わらず二人は仲良く付き合ってもらうこと、それが私の譲れない願いだった。

要するに、「こんなＨＩＶごときで別れてほしくない！」ということ。

検査結果を聞きに行ったあの日、陽性の告知は容赦ないことを知った。隣にいた私でさえ、ほとんど記憶がないのだから、沙耶本人はどんなに恐ろしかったことだろう……。

だから私はどうしても二人に別れてほしくなかった。二人とも同じＨＩＶなら、きっと、もっと寄り添い、愛し合い、離れることはないだろうと勝手に思った。

亮太との待ち合わせ場所へと向かい、私はその想いを強くしていた。

夏の宵の少しだけ秋の匂いがする風が心地よく吹いていたのを覚えている。

第7章　水槽で泳ぐ熱帯魚

GAP前に着いたのはいいが、平日だというのに思ったよりも人が多かった。とくに、この辺に立っている男性は似たようなサラリーマン姿が多い。視力の悪い私にはスーツを着ている人はほとんど同じに見える。沙耶を紹介してから、長らく会っていない亮太をこの中からみつけることは無理だと思った。

人混みが嫌いな私は、GAPから敢えて少し離れたところへ移動してメールを入れると直ぐに返事が来た。

「おまえ今、どこにいる？　俺は店の正面から向かって左の方で新聞持って立ってる」と、書いてあった。いちいちメールでやり取り返すのも面倒だったので、電話をかけながらGAP前に戻ろうとすると、亮太が先に私に気がついたらしく、スポーツ新聞を片手にゆっくりと近づいてきた。

久々に見る亮太は、いかにもサラリーマンという出で立ちだった。ビシッときめたスーツ姿に、ワックスでキッチリと固めた髪形。なんだか前と少し違うそのイメージを見て、「久しぶり、元気そうだね。なんか感じ変わったね。これじゃ、どっちにしたって見つけにくいわ。電話して正解だったよ」、と私が言うと、「おまえは全然変わってないよな、じゃあ、え〜と、こんな所じゃ何だし……どっかの喫茶店にでも行こうか」と、言った。

そういや、私は亮太と付き合いは長いが、彼のちゃんとしたスーツ姿を見たのは数回ほどだった。あとは互いの友人を交えてプライベートで遊ぶことが多く、その時のラフな格好のイメージとは随分かけ離れていたから何だか可笑しな感覚だった。とりあえず、落ち着いて話せそうな喫茶店を二人で探すことにして歩いた。

信号待ちで何気なく亮太の横顔をチラリと見たが、相変わらず爽やかで、そこには私が勝手に想像していた悲壮感は、ない。

何だか妙な胸騒ぎがする……。「いや、それは気のせいだから大丈夫」と自分に言い聞かせた。

新宿はどこへ行っても雑踏で、キリがない。だから近くのパチンコ屋を抜けた路地にあった地味で小さな喫茶店に手っ取り早く入ることにした。

私たちが入ると、カウンターを拭いていたマスターらしき人が振り向いて微笑んだ。

狭い店内で、すぐに目に飛び込んできたのは水槽の中で泳ぐカラフルな熱帯魚たち。それらは種類別に分けて置いてあった。

きっと、この店のマスターの趣味なんだと思う。個人経営の古い喫茶店。だが、私はこういうレトロな店が嫌いではない。

他に客は誰もいなかった。音楽もかかっていないこの空間でコーヒーの良い香りだけが漂っていた。

「これから大事な話が始まる。それが沙耶の今後を左右しかねない。だから冷静に話さなくちゃいけない」

私はそう心の中で繰り返した。私にかかっているんだ、沙耶に頼まれたんだ、しっかりしないと。

私たちが座った窓際にも水槽が置いてあり、狭い水の中で黄色の熱帯魚がヒラヒラと泳いでいる。

注文したコーヒーが、すぐに運ばれてきた。これでいよいよ本題に入る準備は完全に整った、そして気持ちも整った。ちょうどその時、亮太の携帯が会話を邪魔するかのように鳴った。

「ちょっとごめん」と、私に言いながら慌てて席を外した。

こんな時に携帯に出るのもどうかと思うが、窓越しに見える亮太の姿は丁寧なさまだったので、たぶん仕事の電話だろう。

私は一人で電話が終わるまで待つしかなかった。

コーヒーのカフェインを体に吸収し緊張を和らげた。

しばらくすると亮太が戻ってきた。沈黙が続く……。だけど、これは私が聞くのではなく、亮太の口から先に直接聞きたいので、いつまでも待つつもりだった。

そして、やっと亮太が言葉を切り出してきた。


「……えっと、まず、結果から言えば、一応俺は陰性だった。本当は最後のSEXから三ヵ月は経たないとハッキリしないらしいけどね。だからギリギリセーフだった。でも俺、沙耶と付き合ってから生でしたのは最初の数回だから、たぶん、この結果で間違いはないと思う。それにしても、ああいう検査結果の時ってすげ～緊張するよな。マジで俺、ヤバイかもって思ってたもんな」


亮太は始終、笑いながらそう言った。

その予想外の言葉に私は血の気が引いた。さっきまで考えていたシナリオが一瞬で単なる紙切れとなり、遠くへ無残に飛んで行ってしまった。

〝愕然　呆然　唖然〟の三拍子、全てが揃ってしまい、あんなシナリオどころではない。

それと同時に、私の考えることは、どうしていつも〝陳腐で短絡的なんだろう〟ということが、浮き彫りになった瞬間でもあった。

私は、「あっ、そう。それなら良かった。きっと沙耶も安心するよ……うん」。いろんな意味のショックで、顔が強張り声が震えた。

まさかの展開だった。いの一番にシナリオが狂ってしまい、急に焦り始める。「沙耶に何て言うべきか……」、そのことが頭の中を駆け巡った。タバコの箱をテーブルの下で強く握り潰した。

沙耶は亮太が「陰性であってほしい」と、本当に強く望んでいることを、私は傍で何度も何度も聞いていているから分かっている。

だからこそ本来ならばこの朗報は、一刻でも早く帰るなり電話をかけるなりして、沙耶へ真っ先に報告すべきことなのだろう。

そんなことは、もちろん理解しているけど、私の捻くれた感情がそれを許せないでいた。

確かに沙耶も亮太も友達には変わらないけど……今の私にとって、比べるまでもなく沙耶の方が大切な存在になっていた。

あれこれと考えていると亮太が小声で、「今、沙耶はどうしてる？　あれから着拒を解除してくれたかは分からないけど……」と聞いてきたので、「ああ、うん、すごく元気だよ。心配してたよ」と、わざと素っ気なく答えた。

そして私はそれ以上、なにも言わず横でヒラヒラと泳ぐ熱帯魚を目で追いながら、〝次なるシナリオ〟を練らなくてはと、焦る頭をフル回転させていた。


正直言えば、私は亮太の態度に対して段々腹が立ち始めていた。


とにかく結果は分かった。だけど、この日の最後に私が一番気になっていることだけは、どうしても聞かずにはいられなかった
「ところで、沙耶とは今後どうするの？　亮太は、それでも沙耶を好きだから会いたいって、この前言ってたよね？」と、私は少しだけ圧をかけながら聞いてみた。

亮太は少し間をあけてから、「うん、それは変わらないよ。でも今はまだ……ちょっと考えさせて。急かさないでよ」と言った。

私は間をおかずに、「ん？　考えさせてってどういう意味？　自分が陰性だったから考えるってこと？　それはいつまで？　それが原因で別れるとかもあるかもしれないの？」と、これでも自分なりに感情を抑えてストレートに聞いてみた。

「う～ん、なんて言うか……だから少し時間をくれってこと。俺は陰性だったわけだし、こ

れは大事な問題だろ？　おまえだって分かるだろ？　俺だって検査してから今日の結果を知るまで、すごく不安だったし。そんなに急かさないで、俺の気持ちも理解してくれよ」

亮太はそう言って私から目を逸らした。本当のことを言えば私はこの時点で、もう結果は聞いたし外に出て、早く亮太から離れたかった。

いまなら亮太の言っていることは当然だと思う。考える時間の期限を私に決める権利なんてあるわけがない。答えを即答出来ないことも当り前だ。私はシナリオがダメになり、沙耶と亮太のこれからがダメになってしまうかもという焦りのなかで、冷静にいることができなかった。素直に認めなければならない、私は自分の感情を亮太に爆発させてしまったのだと。

私は亮太が会話の端々で発した〝言葉〟が、チクチクと感情を刺激していることに気が付いていた。「ギリギリセーフだった」、「ああいう検査ってすげ〜緊張するよな」、「マジで俺、ヤバイかもって思ってたもんな」、「俺は陰性だったわけだし」……。

なにより、沙耶に最近連絡をしていないことが許せなかった。悪気はないのかも知れない。沙耶だって自分の検査結果を知ってから脱力感に襲われた。亮太だって可能性があるということを知って脱力感に襲われたのかもしれない。

でも、私はそんなことを考える冷静さも余裕もまったくなかったのだ。

「あんたさ、もしかして沙耶のこと他人事だと思ってるの？　本当は逆だったかもしれないんだよ？　もしかして自分だけホッとした？　沙耶は亮太の彼女なんだよ？　前に電話で聞いた時はあんなに必死で、〝沙耶に会いたい〟なんて言ってたくせに、それも全部嘘だったわけ？　しかも自分の陰性が分かると〝考えさせて〟なんて、手のひら返しちゃって。言ってることが矛盾してるんだよ！」

短気な私は怒鳴りそうになってしまったけど、グッと堪えて、言葉を絞りだした。こんな時、どんな風に応じるのが正解なのだろうか。大人の対応をして喜ぶフリでもすればよかったのだろうか。亮太と沙耶は他人なんだから、何もいわず家に帰って沙耶に必要なことだけを報告すればよかったのだろうか。いまでも分からない。ただ、そのときも（そして今でも）、私はそう言わずにはいられなかった。

こんな事を思うこと自体、私が偏屈だからなのだろうか？　人というものは、いつだって貪欲でいやらしい。本音と建前を使い分ける。心にもない言葉を平然と口にして器用に使い分ける術を知っている。

本音を言えば、「は？　亮太に〝良かった〟なんて、そんなの嘘に決まってるじゃん。何で真面目な沙耶が陽性で、遊び人の亮太が陰性なのさ？　普通は逆でしょ？　そんな理不尽なことは納得いかない！」と、心の中で叫んでいた。

それでも本当は知っていた。亮太が沙耶のことを好きだし、本気で心配していることを。そして私とは長い付き合いなだけに、亮太はいつも、ぶっきらぼうで感覚的な言葉を簡単に使ってしまうことも知っていた。

だけどもう一方では、自分は「陰性」と分かり、ホッとしているように私の目には見えたのもまた事実だった。もしも亮太が言ったことは彼なりの軽いノリの気遣いだったとしても、あんなに好きだった沙耶に対し、即答はできなくても……何か一つでも沙耶の希望が持てるような言葉を言って欲しかった。

私は次第に、「今日は亮太と話していても時間の無駄」だと感じた。

だから沙耶が今、体調が悪いことも言わなかった。もちろん、この結果のせいで展開が大きく変わってしまった落胆もあったし、そんなことはまったく予想もしていなかった自分の愚かさを心から嫌だと思った。

私は敢えてクールに、「そうだね。分かった。自分の中で整理がついたら、とりあえず私に電話して」とだけ、わざと笑顔で言い残した。黙って席を立ち上がり去ろうとする私を見た亮太は、慌ててズボンのポケットから財布を取り出してレジまで走ってきたのを感じたが、それを無視してレジに伝票を出して勝手に会計を済まし、外に出て早足で歩いた。この日、まだまだたくさんあった言いたい事を我慢していたから、それは言葉にではなく、自然と態度に出てしまったのだろう。

喫茶店を出てから、最後にもう一度だけ振り向いてみたが亮太は私を追いかけて来ることはなかった。

私は、複雑な気持ちで駅に向かい、電車に乗った。

電車のなかで私は自分の気持を素直に整理した。

「きっとこの結果に沙耶は素直に喜ぶだろう……だけど私は納得なんてできない！　もしそれで亮太と駄目になったらどうすればいいの？　ＨＩＶに感染しているからなの？　沙耶は今の精神状態で、一番大事な亮太を失ったら、自分を追い詰めてしまう。そんなことになったら私はどうしよう」。

ウソのない正直な私の気持ちだった。そして、それは同時に私の勝手な想いでもあった。当時、ＨＩＶへの知識が薄い私は本気でそう思った。私一人のせいで余計にこの状況を混乱させていることすら気がつかずに、どうしたらいいの、という言葉への答えを必死に探しながら電車に揺られていた。

何も考えが浮かばない頭の中ではなぜか、さっきの喫茶店にいた熱帯魚がヒラヒラ泳いでいた。

第8章　殴られた頬

いっこうに考えがまとまらない。

私は池袋で電車を降りた。このまま家に帰る気分にはなれなかった。

サンシャイン通りを目的もなくひたすら歩いた。沙耶とよく、一緒に買い物に来た場所だ。そして東急ハンズの前で足を止め、煙草を吸った。やっぱり〝次のシナリオ〟は、ない。

もう考えるのはやめよう。開き直って欠伸をしたあと、久々にジワジワと偏頭痛が襲ってきた。近くの薬局で薬を買おうと思い、歩き出すとその振動で左の頭がガンガンと響いた。それでも何とか薬とミネラルウォーターを買い、薬局を出るとすぐにその場で飲んだ。偏頭痛に私は慣れっこで、いつも月に二、三回は経験する。毎度のことだ。だから、あと小一時間もすれば治るはず。頭痛が治まるまで、とにかく座って休みたかった。そのくせ、まだ家に帰る気だけはおきないでいた。

すっかり秋だ。新宿でも秋を感じたけど、夜になって秋の気配はさらに濃くなった。あたりはすでに暗くなっている。

隣の居酒屋の前で、合コンの待ち合わせをしている無邪気な学生の姿があって、私はその光景を視界から追い払うために場所を移そうと歩き出した。

ちょうど近くにあったゲームセンターにふらふらと入り、〝メダル落とし〟をやりながら時間を過ごすことにした。何も考えず、ただ一人で延々と流れ作業のように……。単調なメダル落としをやっていると、別に楽しいわけではないが少しだけ気持ちが落ち着くような気がした。

いつものように少しずつ偏頭痛が和らぎ、思考力がはっきりしてくると、唐突にこれまでまったく考えもしなかったことが頭に浮かんで消えなくなった。私の中で新しい不安のようなものが芽生えた。

「あれほど陽性と決め付けていた亮太の結果は陰性だと判明した。じゃあ沙耶は、一体？　いつ？　誰からＨＩＶに感染したのだろう？　考えてみれば、私と仲良くなる以前の沙耶の行動を何一つ知らない」

そうしている間にも沙耶からは何度も電話がきていた。でも、今は出ることを躊躇した。

こうして無駄な時間は流れていった。

気が付くと、ロボットのように流れ作業で止まることなく動いていた手のおかげで、メダルが数倍に増えていた。このメダルの増加で時間の経過を不意に意識し、現実に戻る。

「こんなことをしていてもキリが無い。きっと沙耶は、ご飯も食べずに心配しながらずっと私の帰りを待っているに違いない。そろそろ帰らなくちゃ。今日のことは、そのまま言うしかない」

ゲーセン特有のメダル専用カップの中には、手持ちのメダルが結構残っていた。さっきから横で楽しそうに一枚ずつ遊んでいた仲の良さそうな子供連れの若い夫婦の母親に「あの、少ないですが余ってしまって……時間がないし、私はもう帰らなきゃいけないので良かったら使ってください」と声をかけて、カップごとメダルを渡すと、その家族はとても喜んでくれた。普段は他人なんてどうでも良いが、何故かこういう時の私は、常に接客業が身についているので愛想良く振り舞うことができる。

私は「さあ、帰ろう」と重い腰を上げることにした。そして、バッグを持って出口のエスカレーターに乗ろうとした時、さっきの家族連れの中にいた小さな女の子に「おねえちゃ～ん」と、呼び止められた。

女の子は、「おねえちゃん、メダルありがとう。ジュース飲んでね」と言って、私にジュースをくれた。たぶん、親に渡すように言われたのだろう。この一日中、ずっと眉間に皺を寄せていた私は、その女の子に会って初めて自然に笑顔がこぼれたような気がした。当時若かった私は、子供なんてあまり好きではなかった、むしろ嫌いだったのに、そのまっすぐな目を忘れずにいまも覚えている。そうだ、帰るんだ。そして、沙耶にちゃんと話さないと。

私はその子の親にあらためてジュースのお礼を言い、その子に手を振りながらエスカレーターを下りてゲーセンを後にした。


タクシー乗り場に向かうとその日に限って珍しく混んでいた。私は黙って最後尾に並んだ。まだ家に帰る決心がつき切っていなかった理由は、沙耶にどうやって話すか決め切れていなかったことにあった。タクシー待ちの列に並んでいた時間は、そのことを考える最後の時間だった。なにかいいアイデアが浮かぶかもしれない。そんな最後の「悪あがき」の時間はあっという間に過ぎ、私の乗る順番が来てしまった。いつも以上に運転手へ行き先を無愛想に告げた後、外を見ながら考え続けていた。

「ウソをつく……」。頭の片隅にあった。さっき女の子と会うまでは考えていた。沙耶の望むようなことを言う。でも、それはダメだ。現実から逃げてはいけない。だからこそ、どう伝えるか、どうするかが大切なんだ。いいアイデアを考えるんだ。そう自分をふるいたたせた。けど、最後の最後までアイデアさえ見つからない。私は、これから帰ってそのままに亮太の結果を言う他ないと思っていた。そう結果だけを伝えるんだ。

気になっている問題はその後のことだ。あの喫茶店で私は亮太に対し、沙耶の彼氏として、また一人の男として、〝何か一つでも良いから沙耶が希望を持てるような前向きな言葉〟を求めていた。

だけどそれは残念なことに聞けなかった。でも私も確かに身勝手だったことは素直に認める。私は亮太に検査結果の直後にも関わらず、ハードルの高い要求を押し付けようとした。亮太は気持ちの整理がついたら私に電話をくれると言った。けど……。

ＨＩＶのやっかいなところは、はじめに過度な「誤解と気遣い」が自然に生じる、という点かもしれない。ＨＩＶという事実はそれまでどんなに強いと思っていた友情や愛情にも亀裂を入れる。それだけ大きなことだ。しかも、その影響は当事者にも強くのしかかってくる。実際に沙耶はもとから泣き虫だったけど、それに輪をかけてことあるごとに泣くようになった。何もない普通の時間も一人になると泣いていることがあった。その姿を見ながら一緒にいる私も塞ぎこんで、同じく引きこもるような生活をし始めた。身体的な問題よりも、精神的なバランスをまず崩しているのだ。沙耶はショックで鬱気味だし、私は睡眠障害がおきるようになっていた。

そんな沙耶や自分の様子から、私は普段、亮太の話をするのはタブーな事だと、一人でルールを決めて気を使っていた。亮太のことを一番気にしている沙耶。亮太とのことはどんなことであれ弱っている沙耶に、追い討ちをかけることになってしまうだろう。そんなことは分かっていた。だからこそ、私は何の整理もつかないままでは、家に帰れずにいた。せめて、どう沙耶に伝えるかだけでもきちんと整理しておかないと、と思っていた。

思い返すと、私にとって、ちょうどあの時期は、沙耶が泣くのを見るのがとにかく辛い時期だった。正直に言えば、辛いのはもちろんだけど、それが何時間も続くとさすがに慰めることが〝苦痛〟になってしまい、少しずつ疲れ始めてもいた。本当に楽しいことも山ほどあるし、喧嘩になりそうになったことも数え切れない。普段はＨＩＶのことをなるべく忘れたくて、いつも違う話題で笑いながらも気を使って暮らしていたことは、口に出さなくても本当は互いに解っている。はっきりと言ってしまえば、あの頃の私は心のどこかで「この生活の限界は、近いかもしれない」と、感じていたような気もする。

でも、それは沙耶が嫌になったからじゃなかった。むしろ、自分の憂鬱な過去にまた飲み込まれてしまうかもしれないという意識があったからだと思う。沙耶に出会うまで、私自身、ずっと誰にも言えない沢山のトラウマを抱えながら人生を綱渡りのようにスレスレに生きてきた。本当にいつ死んでも良いと思っていたし、自傷行為を繰り返していた時もある。でも沙耶と出会って、心から一緒にいて「ふつうに」楽しめる、「ふつうの」親友ができた幸せを感じていた。でも、心のどこかで独りのほうが楽だ、という昔の薄暗い気持ちがふつふつとよみがえってくるのも感じていた。じゃあ、前のままでいいの。沙耶がいない毎日がほんとうに私の望むものなの。沙耶がいない部屋で考えたこともあった。結論は簡単なんだ。私は沙耶がいないと凄く淋しい。離れたくないから、やっぱり沙耶を放っておくことは出来ない。

沙耶は人として大好きだし、本当の姉のように私に色んなことを教えてくれたし、いつも優しく接してくれたし、怒ってもくれた。それに何より仕事以外は、投げやりに生きていた私を変えてくれた。私は彼氏と付き合っていた時だって心の底から幸せだなんて思えなかった。誰と付き合っても、その孤独さは何も変わらなかったし、本音をぶつけたこともない。

ＨＩＶなんて、発症しなければ良いだけだ。ＨＩＶだろうが何だろうが、沙耶は沙耶。私は沙耶が元気になったらまた一緒にいろんなことを楽しむ予定も考えている。それに自分の全てを初めて明け透けに話せたのも沙耶だった。何時間も聞いてくれた。私も初めて人前で泣き顔を見せた。そんな沙耶が好きだからこそ、沙耶の大好きな物も全部好き。だから、沙耶が大好きな亮太とも幸せになってほしい。

亮太の結果を私はこれから沙耶に伝える。伝えるだけなら良いけど、沙耶の亮太への愛情は変わっていないのも知っている。それ以外に何か聞かれたら、どう答えれば良いのだろう。

私は亮太の口から沙耶との明るい今後を聞けなかった以上、結果以外のことは言わないつもりでいた。

沙耶が一番大切なのは亮太の存在だ。ＨＩＶ感染発覚前はあれほど「結婚したい」と、のろけるほど二人は仲が良かったのだから。その一番大切な存在から発される言葉は、親友の私よりも重みがきっと格段に違うはず。

だから唯一、この私に出来ることは今夜は亮太のことを聞かれても結果以外は答えず、ただ沙耶を好きなだけそのまま泣かせて、いつか元気が出るまで、そっとしておくことだ。

亮太からの電話はいつになるかわからないけど、それは亮太が自分で決めるであろう、〝心の整理〟の内容によって、沙耶に話すか話さないかは、その時に様子を見て考えることにしよう。

ちかちかと光がともった街をタクシーの中から眺めながら、今日一日のことが、そしてこれまでの自分のことが、さらには沙耶とのことがぐるぐると頭のなかをめぐっていた。でも、私はいろいろなことに決断をしないといけない。そう自分のためにも、沙耶のためにも。

そんなことを思っていると、もうすぐマンションというところまでタクシーはきていた。私は降りて向かいのコンビニで、今夜は二人とも食べられる状態か分からないけど食事と、沙耶の好きなチョコミントと、愛猫のエサを買い、エレベーターに乗って部屋のカギを開けた。

うちのマンションのドアのノブは〝取っ手式〟だった。そのノブを下げて開ける瞬間、私は「あれ？　うちのドアってこんなに重かったっけ？」と、変な疲労を感じた。

沙耶は案の定、カギの音が聞こえたらしく、すぐに携帯を持ったまま小走りで玄関に来て、私が靴を脱ぎ終える間もなく、「ココちゃん、随分遅かったね。どうかした？　途中で何かあった？　心配したから何度か電話したんだよ！　繋がらないから……」と、哀しそうな声で言った。私は至って普通に、「ああ、ごめんごめん、鳴ってたのは気付いてたんだけど、それがちょうど電車の中だったんだよね〜、あとさ、帰ったら沙耶と一緒に見るのに、何か面白い新作がないかな？　と思ってさ、ＴＳＵＴＡＹＡでＤＶＤ探してたから電話に出れなかったの。本当にタイミング悪くてごめんね……あはは」と、笑って誤魔化した。沙耶は、私が遅く帰ってきたことに関してはそれ以上追求しなかった。

落着くとすぐに沙耶は亮太の結果を知りたがった。

当然、結果を聞きに行く目的で家を出て行った訳だから、答えるのは当たり前なことなのに……私の中で何かが、〝しゅ〜ん〟としぼむのが分かった。

それでもどうにか普通に「うん、亮太は陰性だったみたいだよ」と言った。

その直後、沙耶は「本当に？　本当に？　絶対に本当？　ああ、良かった。本当に良かった」と、何度も私に確認した後にやっぱり泣いた。しかも嗚咽を上げて。

私は沙耶が泣くのは分かっていたから見ないフリをして、さっき買ったコンビニの袋の中身をひたすらテーブルの上に適当に置き始める。

だけどその間、私は帰ってから、ただの一度も沙耶と目を合わせることは出来ずに、体を動かしながらも耳だけは常に、沙耶の泣き声だけを聞き取っていた。

その泣き声が更に大きく響いても、私は何も聞こえないフリをした。沙耶の姿が出来るだけ視界に入らないように、お腹をすかせて足元にジャレついてくる愛猫たちにエサをあげたり、普段は沙耶に任せっ放しの食器を洗い始めたり、用もないのにトイレに入って掃除したりと、わざとらしいほど忙しく部屋を動き回った。

「優しい言葉をかけるのか?」、「一緒に喜んで良いものなのか?」、「はたまた一緒に泣けば良いのか?」、それともやっぱり「一人で好きなだけ泣かせておいた方がスッキリするのか?」。どうして良いか本当に分からなかった。

とにかく何かしらやれることだけを探した。本当は沙耶が気になって仕方ないくせに、こんな時こそ先手で違うことでも逆に聞けば良いのに、私はまったく関係がないことをこまねずみのようにチョコチョコと動き回ってすることしかできなかった。自分を、〝機転のきかない馬鹿女〟と嫌悪感を抱く。こういう微妙な場面には、めっぽう弱い自分が本当に情けない。沙耶に亮太のことを聞かれることが怖かった。

「それで亮太は、結局ココちゃんに私のこと、何だって言ってた？」

ひとしきり泣いた沙耶が私の背後に近づいてきていることに、気が付いていなかった私は〝ドキッ〟として沙耶を見た。変な汗が滲み出てきた。ペットシーツを片付けている私の所に来て、顔を覗き込もうとする。返事をしないでいる私に、ふたたび同じことを大きな声で言われた時、動揺で動きがピタッと私は止まってしまった。

亮太からの電話が今日の今日になんかには、かかってくるはずがない。いずれその時がきたら、沙耶にとって何かしら良い意味で私なりに脚色を付けて話そうとは思っていたものの、いま沙耶になんて言えばいいのか。慎重に言葉を選ばなければいけない。そう思って、初めて沙耶の目を見た途端に私は「ウソ」をついてしまった。

「ああ、うん、大丈夫だよ。前に言ったように、それでも沙耶を好きだって。会いたい気持ちは変わらない、って言ってたよ」

どうしようもなかった。〝結果以外は、何も言わない〟と、決めたのに、何一つ上手くいかない。まだ亮太に何も聞いていないのに……。

私の言葉を聞いた沙耶は、また泣いてしまった。「ウソ」をついたのは本当に悪いと思ったけど、こうして嬉しい気持ちになってくれるなら、いまの沙耶にとっては、その方が良いのかもしれない。私はそう思うことにした。

「だから今はとりあえずそういうことにしておこう」、心のなかでそうつぶやいた。

明日になったら私の方から亮太に電話をかけてみればいい。まだ早いけどもしかしたら、本当に同じようにそう考えているのかもしれない。いや、お願いだから考えていてほしいと願った。そう考えてから、私は少し開き直ることができた。そして、ようやく落ち着いてリビングの定位置で、自分のペースで化粧を落とし始めることができた。

そんな私の横に座った沙耶は、鼻をすすりながら少しずつ落ち着いてきた。

「ココちゃん、私ね。ココちゃんと話し会った日にココちゃんが亮太に電話をかけたあと、私すぐに隣の部屋に入ったでしょ？　ココちゃんに言ってなかったけど、実はあの時、本当はね、すごく嬉しくて、亮太からのメールと電話、両方の着拒をすぐに解除したの……。でもね、今日まで全然かかってはこなかったし、メールも全然来なかった。それでも亮太が自分から、私に連絡してくることをずっと待っていたの……。もし、私をそれでも本当に好きならば、普通は何度も解除したかな？　って、気になって、私に何度もかけて直接試してみるものじゃない？　でもね、多分あの時は、亮太はまだ自分が陰性か陽性か……どっちだか分からなかったから、〝それでも好きだから会いたい〟なんて言ったんだと思うの。私、もう亮太のことは忘れようと今日で決めたの。ココちゃん、ココちゃんって、いつも嘘をつくのが苦手だよね。目が合った時、すぐにわかったよ」

化粧を落とす手をとめて見つめる私の横で、沙耶が泣きながら笑った。

そのとき音をたてて私のなかではじけたものがあった。熱帯魚といっしょに閉じ込めていたものが激しい音をたててはじけたような気がした。

私は持っていたコットンを投げ捨てて、自分の携帯を持って立ち上がり、「急にどうしたのよ？」と、私の腕をつかんだ沙耶の手を強く振り払った。沙耶は、私の振り払った勢いで床に転んでしまった。たぶんとても驚いたと思う。だけどもう、私には沙耶を心配する余裕もなかった。

あの喫茶店で、確かに亮太は「あれから着拒してくれたかは分からないけど」と言ったことで、私をムカつかせたことは事実だけど、それ以外の言葉に対しても、とっくにムカついていたから、そのことだけをクローズアップをすることなく、その場は控えめに我慢して流しながら聞いていた。でも、まさか沙耶が亮太の電話とメールをとっくに解除していて、そんな気持ちで今まで待っていたなんて思うと、哀しくて、悔しくてたまらなくなった。

「もし、私をそれでも本当に好きならば、普通は何度も解除したかな？　って、気になって、私に何度もかけて直接試してみるものじゃない？」

その通りだと思った。もう耐えられない。私はすぐに隣の部屋に入りドアを閉め、転んだ沙耶がリビングにいることすら忘れ、すぐに亮太に電話をかけた。

「もしもし亮太？　あんたさ、昼間のことで今さら怒り出して悪いんだけどさ、沙耶に聞いたら、あんたの着拒なんてとっくの前に解除してたってよ？　それを他人事のように……。電話もかけてないから分からなかったってことだよね？　あんたは私に喫茶店で言ったよね？あのさ、ふざけてる？　私の親友を馬鹿にしてるの？　過去も今も全て、本当にあんたが沙耶を愛していたのかいるのか、もう全然分からなくなってきている。誤解？　二人には二人だけにしか知らない良さだってあるのは知ってるけどさ、文句があるなら今すぐうちに来て、沙耶に謝りな！　まあ、あんたにそんな度胸なんてないんだろうね！　それからあと一つ言ってやるよ。私の中だけに秘めていようと思ったけど、もう無理だから言うよ！　もしかしてあんた、このままフェードアウトでもする気だったんじゃないの？　それとも嘘ついて逃げようとでも思った？　今日、あれから真剣に考えたの？　もしかしたら考えてもいないんじゃないの？　正直に言ってよ！」

亮太も何かブツブツ言っているように聞こえたが、私は一切聞こうとしないで、このまま怒りをぶつけ続けた。

「解除していたことを聞いた時、悔しくて……あんたから何の連絡一つも来ないということが、沙耶はどんだけ可哀相で惨めで……沙耶、泣いてたよ！　私はどれほど二人のことを心配していたかなんて、あんたのような無責任な奴には多分、一生わからないでしょうね！　私は、あんたたちの出会いを最初から見てきて、どれだけ嬉しくて応援していたか！　そして、あの出来事で、どれだけ沙耶を心配していたか！　何度も言うけど、今日の喫茶店でのあんたの言葉には正直ムカついていたんだよ！　ああ、もう、キリが無い。文句があるなら今すぐ来い！　そして沙耶に会いなよ！　会って話しなよ！　前に自分で言ってたじゃない？　バカだから忘れたの？　はっきり言うよ！　私は沙耶の気持ちが可哀相で仕方ないんだよ！　あんたなんか友達でもなんでもない！　沙耶の方が大事な友達だから！　それを傷つけたから許さない！　本当に沙耶のことを好きなら、今すぐうちに来て、あんたの言う〝心の整理？〟ってやつを、ここで言ってみてよ！　頼むから沙耶にこれ以上泣かせることはしないでよ！　沙耶はあんたが生きがいだったんだよ！　知ってるでしょ？」

突然ドアが開いた。

沙耶が私の携帯を取り上げて勝手に切って、そのまま持ってベランダに行き、この四階から外に向かって遠くに投げ捨てた。その後、私に近づいてきて、いきなり横っ面を思いっきり引っ叩いた。私はまだ感情の爆発の余韻から覚めていなかった。しばらくすると玄関の閉まる音がした。

沙耶は家を出て行った。

第9章　真樹ちゃん

沙耶が出て行って二日目。

あの翌日、携帯はすぐに警察に遺失届けを出したあと、ショップで携帯の利用を一時停止にしてもらった。

私はこの二日間、仕事が終わるとタクシーで沙耶の住んでいるマンションの前で降りた。そこで降りて上を眺めて電気を確認し、落胆しながら歩いて帰路につく。

家に帰ると、いつもの「ココちゃん、おかえり〜」が聞こえない。静かな部屋で愛猫が足元に絡みつきながら甘えてくるので抱き上げて頭を撫でた。なんだか元の独りの生活に戻ったようだった。

私の家で沙耶が過ごしていた部屋を覗いてみる。そうして私がいない間に来た形跡がないか確かめる。沙耶は合い鍵を持っているので出入りは自由だ。入る気になれば何時でも入れる。だが、何も変わってない配置。でも、荷物はまだあるから帰ってくると信じている。私は早く謝りたかった。

三日目。

仕事の帰りは、私からめずらしくママを誘って飲みに行った。給料日なのに家で一人で過ごすのがなんとなく嫌だった。私は「ママ、今日飲みに行けますか？　ちょっと相談したいことがあるの」と言うと、「なによ？　急に気持ち悪い。アンタ、まさか店を辞めるとか言わないでしょうね？　ま、そこ座って待ってなさい」と、言いつつ、久々の誘いにフロントで売り上げ精算するママの姿は嬉しそうだった。

近くの居酒屋に入り、二杯目の焼酎を飲み始めた頃、ママに「話ってなによ？」と聞かれると、沙耶がＨＩＶに感染していたこと、二人で告知を聞いたこと、沙耶が店を辞めた理由、一緒に暮らしていることや喧嘩の原因などを、堰を切ったように話し始めた。私はママになら話しても良いような気がした。そんな私の話をママは冷静かつ親身に聞いてくれた。沙耶が店を辞めたことについては、「なんか変な辞め方だったから、気になってたの」と言った。そして、ママにも銀座時代からの友人でＨＩＶキャリアの人がいるということを前提で私に話した後、「早く病院に行くように伝えなさい。薬さえ飲んでおけば普通の人の生活と変わらない。体調戻って落ち着いたら、また店に戻ってくるようにココから言ってあげてね。働かないと、お金なんてすぐになくなるだろうし」と言ってくれた。

喧嘩をしたことについては、「アンタが余計な気を回しておせっかいをしたんだからアンタが悪い。でも言ってしまった事は今さら後悔しても仕方ないでしょ？　荷物があるなら必ず戻ってくると思うから、帰ってきたらまずは謝りなさいよ」と言ってくれた。

ママと話して良かった。沙耶には悪いが、今まで勝手に二人だけの秘密にしていたＨＩＶのことを話したことで肩の荷が下りたような気がした。

それから、ママにもＨＩＶキャリアの友人がいるという話も大きな励みになったし、聞いて本当に安心した。私は〝沙耶のほう〟から戻ってくることを諦めずに待とうと決めた。

四日目。

この日は私の公休日。携帯の拾得届けはまだなかった。電話がないと仕事にならないので、違うショップで新しい携帯を購入して家に帰ってＤＶＤを見てるとインターフォンが鳴った。立ち上がってモニターを見ると、そこには沙耶が映っていた。通話を押して「沙耶！　おかえり！」と言うと、「あ、ごめん。真樹だよ」と言う声が返ってきた。

私は玄関のドアを開けて、「真樹ちゃん、どうしたの？　沙耶は？」と聞いた。「ココちゃん、久しぶり！　今日は沙耶に頼まれて来たの」と言って、私の携帯を渡してくれた。私は〝沙耶、探してくれたんだ〟と、すぐにわかった。

真樹ちゃんは「この携帯、ココちゃんに渡してくれって。今、沙耶は実家に帰って来てるの」と言った。

沙耶の実家はここから四区画ほど離れた場所にある。ただ、話の流れが全然わからないので、とりあえず部屋にあがってもらうことにした。私は「沙耶、実家にいたんだ。なにか言ってた？」と聞くと、理由は知らないけど、沙耶は突然、数年ぶりに実家に帰ってきて泊まっているという。とくに変わりはなくて、私が仕事で困っているだろうから、早くこの携帯を届けるように言われたので来た、と言った。私は沙耶の体調のことも心配だったけど、話の内容からそれは別に大丈夫そうなので安心した。真樹ちゃんは沙耶がＨＩＶだということは全く知らない様子だった。気にはなったが、このことは沙耶の家族に私が勝手に言うべきじゃないと思った。

真樹ちゃんは、「喧嘩でもしたの？」と聞くので、「喧嘩っていうか……私が悪いんだけどね。でもなんで沙耶は一緒に来なかったの？　自分の家にも帰っていないみたいだし……」と聞き返した。真樹ちゃんは、「なんか最初は沙耶は私に会いに来たっていうけど、たぶんココちゃんの携帯を壊しちゃったから、ココちゃんに会わす顔がないんじゃない？　謝りたいって言ってたよ。それに自分の家にいてもつまんないって。私も本当に詳しい理由がよくわからないの。親とはほとんど口も利かずに私の部屋で寝起きして、でも、明日には家に帰るって言ってたよ。

母親と目が合うたび喧嘩になるから、やっぱり実家は息苦しいって。帰ってきたらココちゃんとこに来るかもね」と、笑った。

ちなみに真樹ちゃんは沙耶が今、この家で私と一緒に住んでることは知らない。

私は一つ気になったので真樹ちゃんに聞いてみた、「なんでそんなに母親と沙耶は険悪なの？」と。

大学も行かずにちゃんとした仕事もせず、好き勝手にしていることが母親にとって目障りみたい、と真樹ちゃんは答えた。そして、「いくら本当の親子でも反りが合うとか合わないってあるんじゃない？」と言ってきた。私の家も中身は異なるが、その気持ちはわかるので「……たしかに」と呟いた。沙耶はきっと今頃、肩身の狭い思いをしているのだろう。


真樹ちゃんは私が今日、休みだということを知ると「ね、どっかにゴハン食べに行かない？」と、誘ってくれた。これで沙耶の居場所もわかったことだし、私は安心して近所のイタリアンに出かけることにした。

真樹ちゃんと会うのは、BUCK-TICKのライブ帰り以来だった。学校やバイトや一人暮らししたいことや厳しい両親の話などを、ユーモアをまじえて話してくれた。沙耶よりも饒舌で活発な真樹ちゃん。顔はもちろんのこと、ちょっとした仕草も沙耶とよく似ている。私は沙耶と一緒にいるような気がして楽しかった。気が付けば店に入って三時間以上も過ぎていた。そろそろ帰るというので、私は駅まで送ることにした。途中で真樹ちゃんに私から沙耶へ伝言を頼んだ。「ごめんね。いつでも待ってるから」と。

家に帰って携帯を見ると液晶の角が少し割れてる程度で大きな問題はなかったが、すでに新しいのを買ってしまったので、この携帯は客のデータだけ移して解約することにした。

私が悪いのに、わざわざ仕事のことを気にかけてくれるなんて沙耶らしいと思った。私は真樹ちゃんが言った〝明日帰る〟という言葉に期待しながら、いつもはやらない部屋の掃除を始めた。

この数日間、沙耶がいないのですっかり散らかし放題になっていた。私が仕事でいない間も、沙耶が実家より少しでも居心地が良いように、と丁寧に隅まで掃除をした。

翌日はアフターを入れずに真っ直ぐ帰ると部屋の灯りが点いていて、玄関には沙耶のサンダルが並べてあり、「ココちゃん、おかえり〜」と声がした。真樹ちゃんが言ったように沙耶は帰ってきていた。

私はすぐにリビングに行き、「沙耶、本当にごめんね」と言うと、「何でココちゃんが謝るの？　私のことを思って言ってくれたんだから。こっちこそ、携帯投げてごめんね。必ず弁償するからね。昨日、真樹きたでしょ？」と言った。

数日ぶりに見た沙耶の顔は少しやつれたように見えた。「うん、来た。携帯持ってきた。もう新しい携帯買ったから大丈夫だよ。それより体の具合、大丈夫？」と聞くと、「大丈夫だよ。ただ、親がうるさくてムカついたから疲れたけどね」と言ったが、深い理由は聞かないことにした。沙耶は、「ご飯まだでしょ？　ほら！　実家の冷蔵庫から勝手に調達してきちゃった！すぐに揚げるから食べて」と言い、ラップに包んだ太いエビフライを見せてキッチンに向かった。

私もキッチンまでついて行き、「ああ、やっぱり沙耶がいると落ち着くなぁ〜」と言うと、「私も〜！　毎日ココちゃんのこと気になってた。実家で熱が出た時さ、真樹が心配してくれて、一瞬だけ真樹だけにはＨＩＶのことをカミングアウトした方が良いかな〜、と思ったけどやっぱりダメだった。親には絶対に言わないけど、真樹には言っておきたかったのに、なんか身内でも変なふうに思われそうで……なんか難しいね、この病気って」と言ってきたので、「そっか〜、でも私は真樹ちゃんの性格なら言っても平気だと思うな〜。言って沙耶がすっきりするなら言ってみたら？」と聞くと、「そうだね。そのうちね」と言い、手際よく揚げたエビフライを皿に乗せてテーブルに運んだ。

こうして二人で食事をするのは久々だった。途中で沙耶が、「一昨日ね、亮太から電話が来て話したんだよ」、私は「え！　亮太、なんだって？」と聞くと、「うん、〝体は大丈夫か？〟って心配してくれたあと、〝ごめんな……〟って言ってきた。それだけ。この続きはないけどね」。私は何だか気まずい雰囲気になって、「あっ、そう……私のせいかな」と言うのが精一杯だった。

するとと沙耶は、「ココちゃん、ココちゃんのせいじゃないよ。きっと亮太も考えて出した答えなんだと思う。だって私が逆でも、たぶんそう思うような気がした。だからそんな悲しい顔しないで。私、それで良いと思ってるの。最後に話せただけで良かったし答えは出たから、もう忘れることにしたの」と言った。私はそのことに対し、何も言えなかった。

話題を変えようと考えていた時に、ママが言ってくれた言葉を思い出したので沙耶に言った。「ママが店に戻っておいでって言ってるよ」と言うと、沙耶は「でも……」と言ったので、私はすぐに続けて「ママの友達でＨＩＶの人がいるみたいで、薬飲めば普通の生活と何ら変わりないんだって……あ、ごめんね。ママに勝手に話しちゃって」。沙耶は「あ、ママなら良いよ。ココちゃんが信頼してる人だから。でも、そう言ってくれるなんて嬉しいなぁ〜。先のことなんて考えていなかったから心強いよ。じゃあ、早く病院行かなくちゃ……話してくれてありがとう」と言ってくれた。私は改めて、〝沙耶は優しいコなんだなぁ〜〟と思った。私はこのまま沙耶が住むつもりなら、これからは通院代もかかるかし、今借りてるマンションの家賃代がもったいないから、とりあえず解約するように話した。沙耶は「えっ？　本当にずっと一緒に住んでいても良いの？　じゃあ、近いうちに不動産屋に退去届けの申請してくるね」と、嬉しそうに言った。

ずっとかどうかは自分でもわからないけど、沙耶がいてくれると私が留守の時も助かるし、今回のことで沙耶がいないとあれほど淋しいということを実感したし、それに何よりも沙耶のこの先を思うと、そうした方が良いと思ったからだ。

沙耶の病気はもちろん、自分のプライベートや生活スタイル、いつかはあるであろう自分の恋愛のことも考えたが、亮太と話して〝もう忘れることにしたの〟と言った時の沙耶の切なそうな顔がひどく不憫に見えたことや、それに対しての私の責任感があった。沙耶は自分の住んでたマンションの家賃を日割りで払い、引越業者に予約して五日後には家具が一気に移動してきた。沙耶の部屋は空いてる一室を使ってもらうことにした。

沙耶はこの家にすぐに馴染めたようだ。まあ、それまでほとんどウチに住んでいたようなものだったから、さほど変わらない。ただ、沙耶は今まで動物を飼ったことがないので、改めて私の愛猫と暮らせることをとても喜び、可愛がってくれて、猫は私以上に沙耶に懐いていた。

「家族にカミングアウトしようかな」と、沙耶が私に相談してくることが多くなったのはこのころだ。関係のない人間ならともかく、家族へのカミングアウトに対して私は賛成だった。沙耶もそ

「いつ、何があるかわからないから言っておいた方が良いと思う」と沙耶に言った。

れには納得していたが、どうしても両親、とくに母親には絶対に言いたくないという。母親は真面目で世間体をひどく気にする人で、幼い頃から明らかに真樹ちゃんばかりを可愛がり、沙耶とは口喧嘩が絶えず、高校を卒業すると同時に大学へ薦める両親の反対を押し切って家出同然で一人暮らしを始めたという。私はそんな沙耶の家族関係には何も口を挟めないけど、そんなにカミングアウトをしたいのなら、真樹ちゃんだけには言っておいても良いのではないか、と思っていた。私も知っているあの明るい真樹ちゃんなら余計な先入観を持たずに全てを聞いてくれそうな気がしたからだ。

こうした日々の中、沙耶は体調が少しでも良くなると率先して家事をしてくれたり、猫の世話もしてくれた。何だか私が仕事に勤しむ旦那のように思えて笑えた。

思ったよりも楽しいルームシェア。だが、沙耶は具合が悪いと一日中パジャマ姿で寝ていることもあった。俗に言う無症候性キャリア期には普通の人と何も変わらないというし、〝いきなりエイズ〟ということもあるらしいが、自分のＨＩＶを知っていても知らなくても、本当は自覚症状が全くないわけではなく、何かしらの体の変化があっても見過ごしているのではないか？　と、沙耶の体調のリズムを見ていて思う。

なるべく早く病院で精密な検査を受けないといけない。一緒にいる時間が長くなればなるほど、その想いは強くなった。

第10章　私の告白

　ふたたびはじまったルームシェア。

　その日々のなかで、私は沙耶の体調のことがずっと気になっていた。普段は気を使って私に隠そうとして無理しているのは、毎日見てわかっている。沙耶の性格上、いつも私に気遣ってハッキリ言わないから、どこがどうなのかを知りたかった。

「ねえ、ところで沙耶、今の体調って例えばどんな感じなの？」

「熱が出ることが多いかな。それでも今日はまだマシな方だよ。さっき測ったら三七・二度くらい。昨夜、ココちゃんが帰ってきてくる前は三八度近かったかな？　子供の頃から元々熱には強いし慣れていたはずだけど、やっぱキツイ……。あと、この前できた肩の赤いブツブツが服に擦れると少し痛いかも。シャワー上がりに必ず軟膏塗ってたけど、全然治らない。なんだか自分の体がムカつく。あとね、一昨日体重量ったらこの数週間で六キロも痩せちゃった」

「六キロも⁉　毎日見てるとそんなに痩せたことには気付かないけど……。沙耶はさ、いつも何も教えてくれないから。他には体調の変化ってある？」

「うん、熱が続くから頭が痛い。あとは体調っていうか、これは体質かな？　私って、すごい乾燥肌だったでしょ？　でも最近、すぐに汗かくし顔とかすごい脂性になった気がする」と首をひねりながら言った。

私は「う〜ん、ネットでいろいろ調べてるけど脂性ってのは初耳かも。それってペタペタする感じ？」と聞くと、

「いやいや、そんなもんじゃないかも。ベビーオイルみたいな。あっ、でもそんなサラッとしてないかな。あれは何ていうのかな？　そうそう、ワセリンを塗ったみたいな感じかな」。

私はそんな沙耶の体調の変化にまったく気が付いていなかった。私も沙耶のことを知るためにもっと病気について知っておかないといけない。そんなことを思っていると、いつになく真剣な顔をして沙耶は私に向かってこう言った。

「あの、ココちゃん。一つだけ絶対守ってくれる？　っていうかルールを作ろう。ココちゃんの方がネットでいろいろ調べてくれているから解ってるよね？　私のポーチに入ってる、歯ブラシや剃刀は絶対に使っちゃ駄目だよ」

この言葉に私はドキッとした。

ＨＩＶは主に三つのルートで感染することを私はそのときすでに知っていた。まず母子感染、

そして血液感染、最後に性交渉感染。沙耶が心配していたのは血液感染だ。私の神経質なくせに〝雑〟な性格をよく知っている沙耶らしい心配だった。

私はネットでとっくに見て知っているから大丈夫、という思いはあった。だけど感染ルートを頭ではしっかり分かっていても、正直言って怖かった。いくら親友でも怖かった。でも、その私の恐怖を、沙耶には知られたくなかった。沙耶のことを差別していると思われるのが嫌だったのだ。だから普段、沙耶の前では表に出さないように気をつけていた。沙耶がＨＩＶキャリアと知ってて一緒に生活していたわけだから、本当にいろんなことが気になる。私はただでさえ潔癖症だ。普段から汚れてなくても手は気持ち悪くてこまめに洗うし、誰が使ったかも分からない物が並べてあるリサイクルショップなんて不気味で入れない。

ＨＩＶが発覚する以前から、沙耶本人に「それは潔癖ではなく、もう病気のレベルだよ」と、言われたことがあるくらいだった。だから汗やコップの唾液くらいではＨＩＶがうつる事はないとわかっているのに、必要以上に意識することをやめられなかった。沙耶の発覚後、狂気じみた潔癖症にいっそう拍車がかかったといっていい。それは当然、恐怖からくるものでもあった。沙耶と一緒に暮らしている間、私は彼女には内緒で、短期間で即日検査を三回も受けに行った。不安で不安で仕方がなかったのだ。

普段は、リンスキンという洗浄綿とアルコールスプレーを小瓶に入れてポケットに隠し持ち、使う前の食器はもちろん、蛇口、シャワーホースにノズル、ドアノブまでも綿で拭き、スプレーで鉄が錆びそうなほど部屋中のあらゆるところに噴きかけて歩いていた。もちろん沙耶にバレないように。沙耶が寝てる時や居ない時を見計らって。それらを隠れながら素早く終える作業が日課になっていた。

軽蔑されても仕方ないと思う。

人間性を疑われても何も言えない。私はいまでも当時のことを思いだすたびに自己嫌悪に陥る。そこまでして沙耶と一緒にいるのは、沙耶に対して失礼だったんじゃないのか。裏切っていたんじゃないのか。もちろん沙耶のことを差別したり偏見をもって接したりしていたつもりはなかった。でも、沙耶はどう思っていたんだろう。あのときの私は、何としても沙耶のそばにいたい一心だった。

そうした私の揺れ動く矛盾をはらんだ気持ちを沙耶はあのとき敏感に感じ取っていたのかもしれない。いま思いかえすとそんな気がするのだ。

沙耶は何度も何度も、「私のものをつかってはいけない」と真剣に言った。

「それなら大丈夫、大丈夫。ちゃんと分かってるよ。二人してダウンしたら誰が看病するの」と、私はつとめて軽く返事をした。

第11章　右側の指定席

友人の結婚式が二つ、従兄弟の引越しの手伝い、それにその月は店がリニューアルしたので長いイベントがあった。これでやっと一段落がついた。

その間も沙耶の体調は悪かった。私は沙耶に嫌がられない程度に急かして「少しでも早く病院へ行ったほうが良いと思うから、悪いけど一人で行ってきて。次回は沙耶に必ず合わせるから」と、ネットで調べたいくつかの拠点病院の場所をプリントして渡し、先に一人で行くことを強く進めていたが、どうしても沙耶は、「ココちゃんと一緒に行く」と言い張り、絶対に譲ろうとはしなかった。

初めてのことで不安だったのだろう。その気持ちは充分わかっていた。

わかっていても一緒にどうしても行くことができない日々が続いていた。私が自分の用事を優先してしまったからだが、正直、私も生活費を稼がなくてはいけないし、こればかりはどうしようもなかった。

沙耶は私の休みに合わせて病院に予約を入れた。沙耶が自分で決めた病院は、感染症全般、とくにＨＩＶやＡＩＤＳ治療に関して最先端だという有名な拠点病院だった。

もっと危機感をもっていたらもしかすると、もう少し早く病院に行くことは可能だったかもしれない。私はＨＩＶのことをちゃんと分かっていなかったのだ。だから、沙耶が一緒に行きたいなら、と悠長に考えていたのかもしれない。

気が付けば最初の検査から既に二ヶ月近くも経っていた。

いろいろあった二ヶ月だった。私はその間、身体と心の不調で苦しんでいる沙耶を近くで見てきて、「ＨＩＶの結果なんて沙耶自身も私も知らない方が良かったのかもしれない。その方が今までどおり笑って過ごせただろう」と何度思ったかしれない。

本音を言えば、そんな現実から何度も逃げたくなった。沙耶は、心の乱れから少しずつ変わっていった。わがままになり、面倒だと思うこともあった。それでも、どうして一緒にいるのか？　と聞かれたら、答えはすぐに出てくるのだ。

「ＨＩＶの感染が沙耶じゃなくて、逆に私だった可能性も大いにある。たまたま感染していたのが沙耶だった、というだけ。沙耶自身は何も悪くない。だから、沙耶を放り出して独りで逃げたりしたくない。私が逆の立場だったら、そうして欲しくない」と。

それは病院にいく前夜。

一緒にソファに寝転んで、そこらじゅうに散乱している雑誌を二人で読み漁っていると突然、沙耶がこんな話をしてきた。

「あのさ、ココちゃん。あの日のこと憶えてる？　一緒に結果を聞きに行って私が告知された時のこと」

私は驚いた。私はそれまで、この話を避けていたからだ。それは沙耶も一緒だ。あのめまいのするような瞬間を思い出したくはない。お互いに特に話したわけじゃないけど、その気持ちを共有していることは判っていた。そもそも、沙耶のＨＩＶ感染が分かってから、体調や心の不調もあって、こうして夜更けにあらたまって対話すること自体、あまりなかったのだ。

明日、病院に行く。これで検査結果を聞いたあの瞬間から続いていた、言葉にできない恐ろしい時間にひとつの区切りがつくのだ。そう考えると、沙耶の心境にも変化があったのかもしれない。私も、そろそろこの二ヶ月のことを、沙耶のためにも、そして何より自分のためにもきちんと整理をしたいという気持ちになっていた。

お互いに自然と「普通に向き合うこと」がタブーになっていた。それがこの夜、本当に自然と解消されていったように感じた。そう思わせるほどに沙耶は絶妙なタイミングでこの話を切り出したのだった。

もちろん、まだ必要以上にシリアスに語り合うのはむずかしい。それでも、まだむずかしいかもしれないけど、過去も含めて前向きに話し合いたかった。私はいまから語られる沙耶の言葉を全て全身で受け止めたいと思った。それも自然に。あくまで自然に。

わざと雑誌をめくりながら、読みもしない記事に目を落として見てるフリをして何気なく、それでも、できるだけ自然に会話が続くように私は答えた。

「あの日ね。めちゃくちゃ暑かったよね。でも他はよく憶えていないんだよね。沙耶はどう？」

「うん、ホントに暑かったよね。結果のあとに焼肉食べに行こう、って予定だった。でも、それどころじゃなくなっちゃった。あんな結果、当り前だけどぜんぜん想像してなかったから、正直、すごく怖かった。だけどね、私はあのときの状況、すごくはっきりと憶えてるよ」

意外だった。私は沙耶の結果を聞いた途端、頭の中が真っ白になってしまい、ほとんど記憶が飛んでしまっていたからだ。

沙耶は横目でチラッと私を見てから話しを続けた。

「私、先生に聞いて、ビックリしちゃって声も出せずに固まっちゃった。で、気が付くといつの間にかココちゃんがすぐ横に立っていてすごく怖い顔してた。あの時ココちゃん、何て言ったか憶えてる？」

「えっ？　誰に？　何か言ったっけ？　ん〜、ダメだ、思い出せないよ」

沙耶は笑い声交じりに、

「ココちゃんね、先生に向かって大声で、〝沙耶、こいつはヤブ医者だ！　ウチラ、こいつにハメられたんだよ！　沙耶、そんなこと聞いちゃだめ！　こいつの話は聞いちゃだめ！　家に早く帰ろう、早く帰ろうよ！〟って、私の耳の後ろで叫びながら動けない私の腕をグイグイ引っ張ったの。本当に怒りながら何度も何度も同じこと言ってたよ。〝沙耶、こいつにハメられたんだ、帰ろう、帰ろう！〟って。覚えてないんだ。あはは」

当時の自分の様子を沙耶から初めて聞かされた私は、急に恥ずかしくなって思わず雑誌を放り投げた。

「えっ⁉　沙耶を引っ張ったのは何となく憶えているけど……。え〜、それ本当に言ってるの？　嘘だよね？　ね、嘘でしょ〜？」と聞くと、「本当だよ！　マジマジ、大マジ！　ココちゃん、ホントに忘れてるんだね」と、沙耶はクッションを叩いて大笑いをした。

あの時、看護師に呼ばれたことは憶えていた。でも、いざカーテンが開いて沙耶の呆然と立ち尽くす姿が目に入った瞬間に周りの声は遮断され、私には目の前の沙耶だけしか見えなくなった。

当然、医師のことなんて視界にすら入っていない。

あんな抜け殻のような沙耶の姿を初めて見たショックからだった。それでもたぶん、心のどこかでは「私がしっかりしなければ！」という想いがあったのだろう。何よりここにいてはいけないという、沙耶を守ろうとする気持ちだけはとても強くあったのだろうと思う。

でも、そんなことよりも、私の心底驚いた顔を見て、こんな風に横で大笑いをしている沙耶の姿が私にはとても嬉しかった。その笑顔はまだ検査へ行く以前、一緒にライブを観に行った時や買い物に出かけた時、オールで朝まで遊びほうけていた時以来だった。本当にひさしぶりに見た沙耶の笑顔。これまでと同じ沙耶がそこにはいた。

やっと少し、目を逸らしていた現実を、二人とも受け入れられた証拠なのかもしれない。

ひととおり笑い終えたあと、沙耶は続けてつぶやいた。

「あの告知を受けた日、私の家に着いてからココちゃん、ずっといてくれたんだよね。そのこともすごく覚えてる。パニックになってた私のそばにずっといてくれたこと、ほんとうに感謝している」

二人で無言でタクシーに乗って、沙耶のマンションに着き、玄関を開けると直ぐに沙耶は泣きながら部屋にこもってしまった。その夜、私はリビングでただひたすら過ごした。いまでも眼を閉じると、あの隣の部屋でずっと泣いている沙耶の声がよみがえってくる。

でも、そんなことはもうどうでも良かった。今、目の前で沙耶が笑っている。やっと取り戻したこの笑顔を消したくはない。

「さっきから思ってたんだけど場所交換して」と沙耶がもじもじしながら言ってきた。

これはうっかりしてた。「逆って超うざいわ」と急かす言葉に従って、私は沙耶の右側に回った。この〝場所交換して、逆って超うざいわ〟という沙耶のセリフは、仲良くなってからのお決まりのフレーズになっていた。

沙耶は左利きだ。だから私が利き手側にいると、そわそわして落ち着かないらしい。仲良くなった最初のころは、慣れずに沙耶の左側に場所をとるとよく注意されたのだった。そうして、いつの間にか自然と沙耶の右側が、〝私の指定席〟となっていた。しばらくゆっくり話をする機会もなくて、私はついついその大事な二人の決め事を忘れていた。「指定席」にうつった私に満足そうな沙耶を見て、いまなら平気かもしれないとふと思った。いまなら、ずっと気になっていたことを聞けるのではないか。不意にそう思ったのだ。

ＨＩＶ発覚後から、起伏は激しいがめっきり口調はおとなしくなってしまった沙耶。指定席を忘れていたことを指摘する、このお決まりのフレーズを久々に言われて〝沙耶、すこし調子が戻ってきたのかな？〟と嬉しく思いつつ〝今のタイミングは外せない〟と心のどこかで覚悟を決めた。

「あのさ、沙耶。過去にどんな相手と何人くらいと付き合ってきたの？　ＨＩＶに感染してるような特定の相手って心当たりある？　沙耶が感染経緯を思いつくならば、正直に教えてくれない？」

私が気になっていたのはこのことだった。

沙耶は一瞬戸惑いながら、「それがさ、ココちゃん信じてくれるかわからないけど亮太も含めて今まで四人しか付き合ったこと無いんだよね。実は、私も一人で色々考えたんだけど、最初に付き合った相手は高校の時で、私も相手もＨするの初めてだったから、まず一〇〇％有り得ないの。私、ノリとかでＨしたこともないし、風俗で働いたこともないし。自分で言うのも変だけど、私って恋愛すると結構一途だから……。となると、社会に出てからの三人のうち誰かってことになるでしょ？　でも亮太は違かったし……ってことは過去の二人のどっちか、ってことになるんだけど……どっちも普通の人。一人はいわゆる不倫ってやつ、妻子持ちだった。もう一人は、ほらココちゃんにも言ったことあるよね？　亮太の前に別れた遠距離恋愛の人。前に働いてたお店で出会った人で、仕事は高校の先生。そのどっちかなんだけど、それが自分でもわかんない。でもさ、そんな私からしたら普通の人が二人しか思い当たらないのに感染するなんて、私って運が悪いのかな？」と言った。

初めて聞いた沙耶の告白に驚いた。二人。たった二人。沙耶はたしかに真面目だけど、このルックスならもっと経験人数は多いと勝手に思っていた。だが、そんなことよりもたった二人のうちにＨＩＶ感染者がいたということに驚いた。そんな身近なものなの……。私の正直な感想だった。そして、同時に、恐ろしい現実を目の当たりにした想いだった。だって、そんなの誰からも聞いたことない。ＨＩＶってもっと特殊な病気じゃなかったの……。

「沙耶はナンパもひたすらシカトだし真面目だからね。でも感染って運とかではないんじゃない？　だって誰だって付き合ってる時は、相手に対してそんなことを疑うどころか、信じる信じない以前に〝この人はＨＩＶなのか？〟なんて好きなら考えもしないし……。でも、とにかく確かなのは、その二人のうちどっちかってこと。私ふと思ったんだけど、それってたぶん本人たちも気付いてないんじゃない？　もし気付いてないとしたらかなりヤバいことだよね。一人は妻子持ちなわけだし、遠距離の人ってもう新しい彼女できたって言ってたよね？　要は本人たちも自分の感染を知らずに今も平気でセックスしてるってことになるよね？　だから彼らは確実にＨＩＶを拡散させてるってことになる。それって、沙耶が言って阻止してやらないとマズいんじゃない。二人の電話番号って覚えてる？　もし、知ってるなら早く教えてあげた方が良いと思う。一刻も早く」

沙耶は困った顔をしながら、「私、過去を引きずるのが嫌いだから、どっちも破局が決まった途端、すぐに番号消しちゃって分からないの！　でも、ココちゃんが言ってることは本当にそうだと思う。絶対に感染に気付いてないと思うし、どっちもパートナーがいるのに、気付かないままＨＩＶをうつしていると思う。でも、知らせたくても電話番号がわからないからどうにもならないのよ……」と、哀しげに言った。

私は、そうやって本当に困った哀しい顔つきで下を向いている沙耶をみて、ふつふつと心のなかにわき立つ言葉を抑えきれなかった。

「あのさ、沙耶さ、今そんなふうに話しているけど、相手を恨んだりしてないの？」

だって、知っていたかどうかはおいておくにして、いまこんな状況にした張本人なわけだし、なによりその相手のために何もできないことを哀しむという沙耶のその気持ちが不思議で仕方なかったのだ。私だったら、そんなふうに思えるだろうか。

「恨みたいところだけど、もう〝事後〟だから今さら恨んでもどうにもならないじゃん？　彼らだって誰かにうつされたんだろうし。感染を知らないってことは、そんなことすら一度も考えてないでしょ？　きっと体調崩してから病院に行って初めてわかるのかもしれない。私だってさ、ココちゃんに誘われなかったら単なる風邪だと思い込んで絶対に検査なんて行かなかったって確信をもって言えるよ！　でも、原因がわかったからには背負って戦わなくちゃいけない。私はこの先も恋愛はしたいけど自分の感染を知った以上、拡散するような事なんてできないよ」と驚くほどきっぱりと静かに言った。

たしかにそうだ。私は沙耶の大きな瞳の前でただうなずくだけだった。

こうしてその夜は更けていった。

逃げていた現実をやっと少しだけ受け入れられた、そんな気持ちだった。

明日の病院の予約は九時。時計は深夜〇時を回っていた。

私は、ベッドにもぐってふと目を閉じた。寝付けなかった。それは、沙耶の過去の相手たちのことがどうしても気になったからだった。

今頃どうしているのだろう？　いまもどこかで自分の感染を知らずにセックスをして感染者を増やしているのだろうか。こんな感じで、感染者数が増えていくのだろうか。沙耶のような告知をある日とつぜん受ける人が増えていく……。その思いが頭から離れなかった。

いや、私はいまは沙耶のことを考えることが最優先だ。

希望と不安を抱えながら、浅い眠りに入った。

第12章　ジェリービーンズ

うるさい携帯アラームで目が覚めた。眠気と戦いながら、まだベッドで爆睡している沙耶を強引に揺らして起こした。

沙耶は「やっぱり病院に行くの、嫌だよ」と、子供のように駄々をこねた。それでも、すでに予約も入れてあるし、私の休みも今週は今日だけだということを知っているので、文句を言いながらもしぶしぶ着替え始めた。

外に出ると少し肌寒いが雲一つない青空。夜行性の私たちには眩しいほどだった。

そういえば、検査結果を聞きに行った日も、こわいくらいに天気のいい日だったな。私は寝不足の眼を手で日差しから守りながらそう思った。それでもあの日は、むせかえるように暑い日だった。少しだけ冷たさを帯びた空気が、あの日からの時間の流れを物語っていた。

これから行く病院は、最寄りの駅からバスが出ている。私たちはプリントした地図を頼りに向かった。バスに乗って到着した病院は閑静な住宅街に囲まれていて、想像していたよりもはるかに大きな建て物だった。

予約しているとはいえ、初診なので検査にだいぶ時間がかかりそうだ。こんな大きい病院ならなおのことあちこちに回されて最低でも、二、三時間はかかるだろう。そのぶん、きちんと調べてくれるはずだ。

沙耶は受付で手続き済ませ、看護師さんに案内された。途中まで私もついて行くと、「感染症科」という大きな文字が見えた。私はその文字を見た途端に恐怖で足がすくんでしまった。「感染症科」という言葉の響きがとてつもなく怖かった。院内全体図を見ても一番奥にある。やはり、隔離されているからなのだろうか。看護師に案内されて奥へ奥へと進む沙耶がどこか遠いところに行ってしまうような気がして、私はさらに怖いと思った。それ以上先へ、私は行くことができなかった。病院から出たかった。沙耶に「外で待っているね」と伝えて私は早足に出口に向かった。


病院のすぐ近くの公園で私は時間をつぶすことにした。きっと近くにあるのだろう、保育園の保母さんが子供たちを荷車に乗せてやってきた。青空の下、天真爛漫な子供たち。こんなにのどかな風景を見ていると、どんどん現実感が遠のいていく。いま沙耶はどんな検査を受けているのだろう。あの薄暗い廊下の奥で、わけのわからない巨大な機械のなかに入って行く姿をぼんやりと想像した。子供たちの声や表情がいまはたまらなかった。

公園を出て、眠い目をこすりながら知らない街をウロつく。「現実じゃないみたい」、そうつぶやいた。すべてが遠くへ行ってしまう気がした。怖さよりも悲しさのほうが大きくなった。だが、これが今の私たちの現実だった。

病院の真裏に神社があった。誰もいない静かな神社にするすると吸い寄せられる。聞こえてくるのは風の音だけ。大して信心深くもないくせに境内で手を合わせる。私たちの未来を祈った。そうして、あてもなくまた歩き出した。この辺りは住宅街で細い路地の迷路で喫茶店すらなかった。この一軒一軒の家のなかにいろいろな家族がいて、それぞれの現実を生きているんだ。いままで考えたこともないようなことを考えながら迷路をさまよった。三時間近く過ぎただろうか。沙耶から電話が入った。検査が終わり、近くの調剤薬局にいるらしい。私は路地の迷路と思考の迷路から抜け出し、自分の、そして沙耶の現実へと戻って行った。


調剤薬局にいると沙耶から聞いて、私は少しガッカリしていた。

調剤薬局……。人それぞれ捉え方は違うかもしれない。たとえば、調剤薬局にいるときいて「検査の結果、ちゃんと薬が処方されたんだ。これで安心」と思う人もいるかもしれない。けれど、実を言うと病院にくるまえ私はほんの少しだけ「まだ投薬は必要ないかもしれない。そんなにひどい状態じゃないのかもしれない」という期待を持っていたのだ。調剤薬局にいるなら、投薬が必要な状態なんだ。そう考えると足取りは重くなった。

沙耶が告知を受けて以来、自分なりにＨＩＶについて調べていた私は投薬が必要な状態についてぼんやりと分かっていた。どのくらいの数値が出たのだろう。そんなことを思いながら複雑な気持ちで歩いた。

遠くからでも分かるほど、調剤薬局は患者さんでごった返していた。窓越しに椅子に座っている沙耶の姿が見えた。表情ははっきりとは見えない。落ち着いているようにも、憔悴しているようにも見える。私は外で待つことにした。

沙耶は調剤薬局から出てきてしばらく黙っていた。疲れた顔だった。三時間も検査と待機を繰り返したのなら当然だ。帰りはタクシーに乗った。私がさまよった路地をくねくねと抜けて、家に着いた。

沙耶はバッグの中から検査表と薬袋を取り出して説明してくれた。見せてくれた検査結果が書かれた紙には血液検査の項目と詳細がズラリと書いてあった。見てもよくわからなかったけど、その中で一番肝心なのはＣＤ４とウイルス量だということだけはネットや冊子で把握はしていた。ＣＤ４とは免疫細胞のことで、ＨＩＶに感染するとこれが極端に少なくなってしまう。

するとさまざまなウイルスが排除できなくなり、体調不良になりやすくなるのだ。沙耶の場合はCD４が１９３だった。健常者のCD４の数値が７００〜１５００なのを考えるとかなり少ない。さらにウイルス量は五万以上あった。これは、すぐに投薬が必要だ。沙耶がもらってきた冊子にもCD４が３５０以下で投薬開始、２００を切ってしまうと日和見感染のリスク、または発症のおそれがある、と書いてあった。

沙耶は薬を出されたことに対し、とくに落ち込んでいなかった。

「通常の検査では、病院でCD４の数値が判明するまで数日かかるみたいだけど、初診だと急患扱いになるみたいでその日のうちに結果も薬も出してくれたんだ。だからラッキーだったの」とうれしそうに言って処方された薬を見せてくれた。

まずは様子見で一週間分もらったと聞いていたが、バックから出てきた薬の入った袋は驚くほどパンパンに膨らんでいた。なかからは、きちんと分包されている薬が大量に出てきた。

まず驚いたのは圧倒的な大きさと色だ。大きさは小指の第一関節ほどもあり、色は青やオレンジと濃い目の絵の具の塊みたいでケバケバしく、それはまるで海外のジェリービーンズを彷彿させるものだった。こんな薬は生まれて一度も見たことはない。そもそも、こんなに大きな薬を、私より喉元が細そうな沙耶が実際に飲めるのだろうか？　調剤薬局で説明は受けたみたいだが、沙耶もあらためて広げた薬を眺めて呆れた顔をしている。HIVの治療薬は一度飲んだら、一生涯、毎日決まった時間に飲み続けなくてはいけない。とくに沙耶の場合、初診からすでに投薬が必要な数値だったわけだから無理してでも早めに開始しなくてはいけない。毎日毎日くる日もくる日も、このジェリービーンズのお化けみたいな薬を沙耶は飲み続けるのだ。これだけの量を毎日のむのだ、薬代だってばかにならない。もちろん、飲めば楽になるかもしれない、でも当然これだけの薬を飲めば副作用だってある。人によって副作用がさまざまに出ることを私は知っていた。

沙耶は早速、その日の夕方五時から飲むことにした。夕方にしたのは私が出勤の前に薬を飲んだことを確認できるようにだった。自分では飲み忘れてしまうかも知れないから、ココちゃんにも確認してほしいという。何とも人任せな、それでいて沙耶らしいかわいい理由からだった。通院のペースは初診から一ヶ月ほどは週に一度。血液検査や今後の治療方針、投薬の経過、副作用の有無を観察するらしい。その後、落ち着いてからはだいたい一ヶ月から三ヶ月に一度くらいのペースで通院することになるという。

この薬をまとめて飲むのは明らかに難しい。沙耶は練習のつもりで一粒ずつ飲んではみるが、それもままならない。喉に引っかかり咳き込んで吐き出し何度も繰り返した。見ているだけで苦しい気持ちになる。どうしても飲めない大きさのものは錠剤を砕いて飲んだ。でも、毎回そうするわけにはいかないだろう。外出時に飲まなくてはいけないときもこれからの一生のなかで当然あるからだ。徐々に慣れていくしかない。私も、沙耶も。

服用をはじめて二日後。沙耶はめまいと吐き気で苦しんだ。副作用が出たのだ。次の週、病院に行って先生と相談し、薬を変えてもらってようやく落ち着いた。新しく処方された薬との相性は良いらしく、つらい発熱や気にしていた肩の赤いブツブツも治まってきた。私は毎夕、仕事の準備をしている時、「薬の時間だよ」と沙耶に声をかけるのが日課になっていた。沙耶は体調が安定してきて病院へ行くペースは徐々に減り、二ヶ月に一度くらいになった。

私も時々、沙耶について病院に行った。「感染症科」という名前は、前より少しだけ慣れてきたような気がする。こうして沙耶の投薬ライフは始まった。

第13章　運命の日

沙耶は、薬のおかげで体調が落ち着いてきた。ちょっと前までは日中でも横になっていることが多かったが、それもほとんどなくなった。

そんなある日、沙耶から「真樹ちゃんに、ＨＩＶに感染していることをココちゃんから話してくれないか」と、お願いされた。

実は、私もそろそろ時期ではないかと思っていたところだった。体調が落ち着かなかったころは、身体のつらさと心のつらさとで、とても家族にＨＩＶのことを話せるような雰囲気ではなかった。自分のことを自分自身で受け止めることすらできていなかった部分があったのだから。でも、いまなら、いや、いまこそ沙耶のことを家族に伝えるべきだ。沙耶の家族がいろいろと複雑らしいことは分かっていた。だから、私から強くすすめることをためらっていたので、この沙耶の申し出は正直うれしかった。いきなり親に話すことはできなくても、真樹ちゃんなら大丈夫。受け止めてくれる。そう思った。

「すごく、いいと思う。でも、私からは言えないよ」

大切なことだから、自分で話してほしい。私はそう言って説得したが、どうしても自分からは無理だという。でも、自分では言えないけど、これ以上、真樹に隠すことが苦しくなってしまったという。その気持ちは分かるような気がした。何度も真剣に沙耶からお願いされるうちに私は断れなくなってしまった。「真樹ちゃんに電話で話すよ」、そう沙耶に約束した。

沙耶は両親には知られたくないと言うから、できれば真樹ちゃんが実家ではなく外にいる時に話すのがベストだと考えた。約束した次の日の夕方、私は真樹ちゃんに電話をした。沙耶も隣にいた。真樹ちゃんは出なかったので、留守電に「またかけます」とだけメッセージを入れてから切った。すると、夜になって真樹ちゃんから折り返しの電話がかかってきた。

夕方かけたときには心の準備をしていたのに、急にかかってきた電話で私は戸惑ってしまった。困ってしまって「ちょっと沙耶が用事あるみたいだから代わるね」と沙耶に電話を投げようとしたが、沙耶は顔を横に振り、絶対に受け取ってくれなかった。

何から話したらいいんだろう。私は、とりあえず順番にこれまでの経緯を説明した。体調が悪かったこと、あの運命の夏の日のこと、最近薬をたくさん飲んでいること、もちろん沙耶がＨＩＶキャリアだということ。

真樹ちゃんは、「今から行く」と言ってすぐに電話を切った。声が震えているのがわかった。「これから、真樹ちゃんがくるって」と私が言うと、沙耶は「どうしよう、どうしよう」と繰り返した。私は「真樹ちゃんが来たら、ちゃんと話すから」と、沙耶を落ち着かせるように言って、同時に自分にも言い聞かせた。大丈夫、真樹ちゃんはちゃんと受け止めてくれる。大丈夫、大丈夫。

真樹ちゃんがやって来た。部屋の照明に照らされた真樹ちゃんは顔面蒼白だった。そして、有無を言わさずに、うつむいて何も言えないでいる沙耶に詰め寄り感情的にすごい勢いでまくしたてた。

「なんでそんな事になったの？　なんで？　なんでなの！」

静まり返った部屋に真樹ちゃんの怒号だけが響く。

「ちゃんと薬は飲んでるから……。真樹にもちゃんと言おうと思って……」

沙耶は絞り出すようにそう言うと、泣き出した。

真樹ちゃんは止まらない。

沙耶は「ごめんね、ごめんね」とだけ小さく呟きながら泣き続けた。

私には沙耶の「ごめんね」がとても嫌だった。だって、何に対して、誰に対して謝っているのか。なんで謝らないといけないのか。意味がわからなくて、すごく嫌だった。沙耶の背中が小さく見えた。

これ以上、そんな沙耶を見るのが辛かった。

私は立ち上がって、沙耶と真樹ちゃんの間に入った。

「なんでって？　セックスだよ！　セックスで感染したんだよ！　普通の恋愛をして普通にセックスして、それで感染したんだよ。沙耶は悪いことなんて一つもないよ！　私も真樹ちゃんももしかしたら立場が逆になっていたかもしれない。ほんとうに偶然、検査して分かったけど、それまでは想像もしてなかったことなんだよ。いまだに原因ははっきりしないし。でも沙耶は悪くないの。だからどうしていいか分からなくて、苦しくて、家族に……親には言えないけど、真樹ちゃんならわかってくれると思ったから沙耶は教えたかったんだよ」

私は真樹ちゃんの眼を見て、そう言った。真樹ちゃんは急におとなしくなった。

沈黙を破ったのは沙耶だった。

「親にはこんなこと絶対に言わないでね……。こういうこともあるから、真樹も検査してみてね」

小さい声だった。

「わかってるから」

真樹ちゃんも小さい声でそれだけ言った。

冷静になった真樹ちゃんにこれまでの経緯を一通り話し終えると、「沙耶、教えてくれてありがとう。私も検査してみるね。今はまだ、頭の中が混乱してるから。もっと病気のこと勉強してみるね。ココちゃんに心配かけちゃうね。沙耶をよろしくね。何かあったらすぐに知らせて」と言ってくれた。たしかに突然あんなことを聞かされたら混乱するのも無理はない。だが、沙耶は「真樹に話して良かった」と言ってまた泣いた。真樹ちゃんは真樹ちゃんなりにその日精一杯、沙耶の言う事を受けとめようとしてくれたんだ。いまならそれがよく分かる。私は、あんな感情的になった真樹ちゃんをみるのは初めてだった。

それでも、沙耶のことを真樹ちゃんが知ってくれたということは、私にとって心強かった。二人だけの現実に苦しさを感じないわけではなかったから、真樹ちゃんはそんな私たちの新しい味方だった。その頃から、普段はたまにしか連絡を取らなかった真樹ちゃんから沙耶に気遣いの電話が頻繁にくるようになった。ＨＩＶのことも勉強しているらしいと沙耶から聞いた。ただ、やっぱり両親には沙耶も真樹ちゃんもどうしても言えないらしい。父親は某大手企業の役員で母親は教員。ただでさえお堅いあげくに、沙耶が中学生の頃、沙耶と真樹ちゃんを連れて子連れ再婚をしたという家庭なのだ。私が同じ立場だったら、と考えてみても、どう伝えればいいのかなんて分からない。拒絶されるかも。理解してもらえないかも。恐怖ばかりがわきあがってくる。

真樹ちゃんにはじめてＨＩＶについて話したときの様子が思い出される。ＨＩＶキャリアであるということの重さを、私はあらためて認識した。

第14章　ロザリオ

その日も「ココちゃん、いってらっしゃ〜い！」と、沙耶はいつもと変わらない笑顔で仕事に送り出してくれた。

私は「はーい。じゃ、あとでね！」と、いつもと変わらずに玄関を後にした。そう、いつもと変わらないように、気を付けて私は家を出た。

店に向かうタクシーの中で、私の不安はますます大きくなっていた。窓の外の景色を見ても、今日の仕事のことを考えようとしても、無駄だった。まったくその気持ちは晴れなかった。それどころか、いろいろな妄想がモンスターのように膨らみ続けていた。

でも、仕事がはじまればきっと頭から消えるだろう。そう思っていた。けれど、テーブルを回りながら、客の横で酒をグビグビと胃に流し込んでもダメだった。何を言われても一度として心から笑うことができなかった。たぶん周りから見ても様子がおかしかったのだろう。「どうしたの？」と聞かれる度に「なんでもないよ」を笑顔で繰り返した。それしかしか言えない。早く家に帰りたい。プロ意識すら、いまは邪魔だった。このまま仕事なんてできない。この拘束時間が苦痛でならない。沙耶を独りに部屋に残しておけない。この気持ちをどうすることもできず、私は途中で席を空け更衣室から真樹ちゃんに電話を入れた。そして簡潔に事情を話し「うちに遊びに行ってくれないか？」と頼んだ。

＊

あれは昼過ぎのことだった。

私はメールチェックをしようと自室に置いてあるパソコンを立ち上げた。すると、めずらしく沙耶が使った形跡があった。沙耶が使ったあとは、なんともご丁寧に電源どころかコンセントまで抜いてあるので一目でわかる。たぶん、昨晩使ったのだろう。

普段、沙耶はほとんどパソコンを使わない。便利だよと言っても、ややこしい機能を覚えるのが面倒らしく、もっぱら携帯をいじっている。それでも何か調べ足りない時は「ココちゃんお願い〜」と、使っている私のところにニコニコしながら催促してくる。

沙耶は自分のＨＩＶ感染を知ってから感情の起伏が激しくなった。混乱する頭、ぶつけられない怒り、つのる不安。すべてが沙耶を追い詰めて、自分で自分のバランスをとることができなくなっていた。私はそんな沙耶の様子をみて「ブログとかＳＮＳとかやってみれば？　ネットでだったら同じ感染者の人たちと友達になれるんじゃないかな」と、薦めていた。

その私の言葉に後押しされて、沙耶はブログをはじめようとしていた。そのためには当然、パソコンが使えないといけない。面倒がる沙耶に何度もパソコンの使い方を教えたのは、もちろん私だ。でも、いくら教えても最後には決まって「もうやめた！　ああ疲れた～、また今度教えて」と沙耶はさじを投げてしまう。困った生徒だった。それでも習うより慣れろとはよく言ったもので、沙耶も何とか自力で電源を入れて、動画を見ることや、同じ感染者の人のブログを読むこと、気になることを検索することくらいの操作はできるようになった。とはいえ、よっぽどのことがない限り、沙耶はパソコンを使わなかった。

「めずらしく、沙耶がパソコン使ったな」

外部とのつながりを求めて、だとしたらうれしいことだった。

自分のメールチェックが終わったので、私は何気なく検索履歴を見てみた。沙耶が何を調べようとしたのか、気になったのかもしれない。そこには、衝撃的な文字が表示されていた。

「生きる　理由」

茫然とした。

「生きる　理由」。頭のなかに何度もこの検索ワードがリフレインした。沙耶がこんなことを調べている。その言いようのない重さに、めまいがした。

私は、自慢ではないが自分の生きる理由なんて考えたことすらない。そうだ、だって生きていることは当り前だから、理由なんていらないから。でも沙耶は違ったのだ。

＊

私はその夜、アフターを断り、急いでタクシーに乗って真っ直ぐ帰った。タクシーを降りてマンションを見上げると、いつもと変わらずカーテン越しに電気の光が漏れていた。沙耶がちゃんといる。その光をみて安心している自分を見つけて、私は、自分自身が沙耶が消えてしまうのではと思っていたことを悟った。あんな文字を見てしまったのだから、そういう想像をしてしまうのは仕方ない。私は今日一日ずっと沙耶がいなくなってしまうことを考え続けていたのだ。

玄関のドアを開けると、「ココちゃん、おかえり〜」と、いつものようにリビングから元気な声が聞こえた。

沙耶は私が履歴を見たことなんて何も知らない。

沙耶のいつもと変わらない声を聞いた途端に、私は安堵して思わず泣きそうになった。そして、沙耶に会うなり普段はあまり言うことのない「今日は何してた？　具合はどう？」と、聞いてみた。

「今日は、比較的に体調も良いよ！　そうそう、ココちゃんが行ってしばらくしたら、真樹がバイトの帰りに遊びに来てくれたの。ほら、こんなにくれたよ！」と笑いながら、ビニール袋にいっぱい入ったパンを私に見せてくれた。真樹ちゃんはバイト先のパン屋さんから売れ残ってしまったパンを持ってきてくれたのだ。「おっ、大漁だね！　真樹ちゃん来たの？　元気だった？　私に何か言ってた？」と聞きながら、袋を覗きながら涙をこらえた。

「ココちゃんにすごく会いたがってたよ〜！　ね、ココちゃん、あのね、なんかねえ〜、もしかしたら真樹、彼氏できたかもしれないよ！　ハッキリとは言ってくれなかったけどね。それっぽいことを遠回しに言うの、うふふ。どっか良い感じのデートスポットないか、って、聞いてきたんだよ」

約束どおり来てくれた真樹ちゃんに心から感謝した。

「真樹ちゃん彼氏できたの！　良かったね！　私たちも頑張らなきゃね。そっか〜、私も久々に真樹ちゃんに会いたかったな……。真樹ちゃんの彼氏って同じ学校の人かな？　かっこいいのかな？　今度会ったら聞いてみようよ。なんか沙耶の顔見たら急にお腹すいちゃった！　沙耶はご飯食べたの？　私、このカレーパン食べていい？」と言うと、沙耶はうれしそうに

「私もご飯、まだ食べてない。じゃあ私はこの食パンた〜べよっと！」といい、苦手な耳の部分を避けながら、真ん中の柔らかいところだけを美味しそうに食べはじめた。沙耶は、ものすごく普段通りだった。私にはそう見えた。

その夜、沙耶が寝ついたかを確認したあと、私はすぐにパソコンに向かった。昼間見た、あの「生きる　理由」が、気がかりで眠れなかった。

検索してみると、一一六〇〇〇〇件以上もヒットした。多すぎる。世の中にはこんなに同じことを考えている人がいる。そして、当然、それを検索する人も同じくらいたくさんいる。みんな生きることに「理由」を求めているんだ。あらためて、私は考えたこともなかったと思った。これまで、私はただの惰性で生きてきた。

検索でひっかかった掲示板の文章を、上からゆっくりとスクロールしながら目でたどる。HIVのこととは関係なしに、そこには無気力な言葉がくたびれたように並んでいた。その内容はライトなものからディープなものまでさまざまだ。ぼうっと光るパソコンの画面を眺めていると、だんだんと私にはその無気力な文字の羅列が、繊細で儚い糸のように見えた。この掲示板は、その糸で編まれている。沙耶もまたその一本なのだろうか。

「人類って何の役に立っているのだろう?」

「ゾウやキリンは何のために存在するの?」

「結局生きることに価値なんてない」

その無機質な文字は、文字自体の無気力さとは裏腹に、私をボディブローのように強く打ちつけて来た。こんな織糸のなかに沙耶はいる。その掲示板そのものが「現実」という名の織物のようにも見えた。沙耶の顔が浮かぶ。こんなもの読んでほしくはない。息苦しくなって、私は窓を開けた。冬の風が冷たい。

「生きる　理由」。頭はますます混乱するばかりだった。それでも、この沙耶が直面しているものに、私なら一体何て答えるのだろう? 逃げてはいけない、という気持ちで私は何時間も幽霊のようにぼうっと光る画面に映し出された文字を見ていた。気が付けば夜は明けていた。

「ごめん沙耶。わからない。本当にわからない」

疲労と眠気から、そろそろ私も寝ようと思っていると、さらに前に検索履歴が目に入ってきた。沙耶がいま何を思っているのか知りたくて、私は検索履歴を遡ってみていたのだ。その履歴の文字は、私が叶えてあげられそうなものだった。

「ティファニー　クロスフィクスM　ロザリオ」

夜が明けても、まったく光が見えてこないこの気持ちの中で「ティファニー」という何の意味もない言葉が、救いのように見えた。

その画像はキリストをモチーフにした美しいデザインのネックレスだった。沙耶はこのネックレスが欲しいんだ。なんとなく、そんな気がした。

もう少しでクリスマスイヴ。ということは同時に沙耶の誕生日。沙耶が探した答えは、私には出せないし、お金でも買えないものだけど、せめて、これを買って沙耶に渡したい。これなら私にも叶えることが出来る。

去年のクリスマス兼誕生日にはアンティーク調のオルゴールをあげた。私はランコムのトレゾアの香水とロクシタンの詰め合わせをもらった。

そのネックレスはゴールドとシルバーの二種類があった。悩んだあげくどっちも買うことにした。その場ですぐにネットで買った。きっと数日経てば届くだろう。

＊

あれから沙耶に変わった様子はとくにない。私が言わなくても時間を守って薬も自主的に飲んでいたし、ここ何日かはむしろ、精神的にも安定していて穏やかで明るい。

それとは対照的に私の空虚感は埋まらないままだった。あの日の翌日からは「おやすみ」と、互いの自室に入っても、私は早く寝付けない。

沙耶のすべてに、以前よりも過敏になってしまっていた。眠剤を飲んでも効果はない。沙耶がまた不吉な言葉を検索するのが恐かった。なによりあの無気力な文字の糸のなかに沙耶が迷い込んでいくのが不安だった。そんな夢を浅い眠りのなかで何度か見た。


注文したネックレスは二日後に届いた。来週のクリスマスイヴまで机の下に箱ごと隠しておくことにした。

クリスマスイヴを含めた前後は店のイベントがあるし、個人的に同伴もあるから仕事は休めないだろうけど、アフターは絶対に入れずに、帰ってきてからイヴと誕生日を兼ねて二人でパーティーをやろうと約束していた。

沙耶は仕事を辞めてから時間があるぶん、以前よりもこうした約束をとても楽しみにしている。毎日のようにそのプランを提案しては、私にうれしそうに話してくる。

「私は食料係、ココちゃんはお酒とパーティーグッズ係ね！」、こんな感じで私の担当までも勝手に振り分けられた。たった二人しかいないのに、沙耶はすっかり「大パーティー気分」

だった。

沙耶は私の誕生日はもちろん、自分の誕生日や記念日をとても大事にするコだ。それにウザったいほどすぐ泣くし、キレイな物は大好きだし、私とは真逆で夢見がちな、いかにも女のコらしい性格だった。私がもし男で沙耶の彼氏だったとすると、沙耶のそんな性格は、可愛いけどちょっと窮屈かもしれない。

私はなんせ、一六歳の時からクリスマスや誕生日なんて、ただ店でひたすら働いて、年間で一番お金を使ってくれた客と洒落たレストランでディナーをするための日だった。もちろん、それも仕事の一環だから全く楽しいと思ったことはない。私にとって長らく至福の時は、家に帰ってスウェットに着替えて猫と一緒に自由に過ごすときだった。だから、女友達と自分の家でパーティーなんて面倒以外のなにものでもなかったのだ。少なくとも面倒だと心の底から思っていた。だが、沙耶は私のそうした偏見を正してくれた。正してくれただけでなく、ささやかな楽しみを与えてくれたのだ。

「生きる　理由」、もしかしたらそれは、悪い意味ばかりではなく、こういう日常の小さな幸せも含まれているのかもしれない。パーティーが近づくにつれて、笑顔が増えた沙耶を見ながら、私はそう思い始めていた。私は少しずつ、沙耶だけでなく、自分の「生きる理由」も探し始めていたのかもしれない。いま考えるとこのころから、私の中でも少しずつ何かが変わってきたように思う。すべては沙耶が私にくれたことだ。

　沙耶の笑顔がたくさん見れた日は、ぐっすり眠ることができた。

＊

　いよいよクリスマスイヴがきた。私は同伴があるので早めに仕事の準備をして家を出た。沙耶は上機嫌で昼前からどこかに買い出しに行っていなかった。

　店がこの日に、ビンゴゲームやらくだらないイベントを仕掛けるのは、矛盾しているが、こうした夜の仕事が実はイヴやクリスマスだからといってとくに繁盛するわけではないからだ。新規はボチボチ入るが基本的に常連は少ない。だからこそ店は盛り上げようとする。

　クリスマスイヴやクリスマスに女のいる店に来るのは「いかにも彼女がいないと思われる」や「オレ、こんな日に一人で飲みに来て空しいかも」という、くだらない小さな見栄や意地があるからなのかもしれない。だがマメに営業してきた私の常連だけは、そうした業界の常識は破っても、私の期待を裏切ることはない。クリスマスに店にくる常連は当然、それ相応のプレゼントも持ってくる。これも男の見栄だ。高価な物を一気に回収できる日。私にとってのクリスマスはそういうラッキーな日なのである。

無事に仕事が終わった。客のしつこいアフターへの誘いをやんわりと断り、帰ろうとすると、ママに呼び止められた。

「ねえねえ、ココ。今年は何個ゲットしたのよ？」と笑いながら聞かれたので、私は悪びれることもなく、「五つだよ！　上出来でしょ？　ははは！」と言った。

「まあまあだね。若いうちに稼げるときは徹底して稼ぎなさい。ほら、アンタにクリスマスプレゼント。これあげる」と言って、店のメニューで私の好きな「キスチョコ」の業務用を二kgもくれた。

「わーい！　ママ、ありがと。じゃあ、お疲れ様～！」と言うと、「沙耶によろしくね」と言いながら店の出口まで送ってくれた。

ママとの「今年は何個ゲットした？」というやり取りは、ママと私の合言葉のようなものだった。

私は常連には誕生日やクリスマスイヴには前々から同じ型番、サイズ、色、形を事細かに言っておねだりしておくのだ。そうするとその日に全く同じ物が複数個集まることになる。もちろん、全員が買ってくれるわけではないが、私に「完全にハマってくれてる客」なら大体はくれる。それを貰った時はとびきり喜びながら、その中の一つだけを大切に仕事中は身につける。残りは質屋に入れて、さっさと札に変えてしまうのだ。プレゼントをくれた客は何も知らずに大切に着用しているのを見て、皆「オレがあげた時計、大事にしてくれてるんだな。オレはココさんにとって特別な男なんだ」と、勘違いをして喜び、優越感に浸ってくれるので一石二鳥というわけだ。この私のテクニックに加え、「他の女のコには客に漏れると全てが水の泡になるので決して口外してはいけない」、というちょっとしたアドバイスはママに教わった。それ以来、記念日にはこのやりとりがママとの恒例になっていたのだ。

今年のクリスマス、私はブルガリの指輪をねだっていた。収穫は五個。我ながら上出来だ。一つは沙耶にあげるつもりなので、もう一つは私がはめて残りの三個は質屋行きである。

店から急いでドンキホーテに行き、酒と沙耶に言われたパーティーグッズを調達して、家に帰った。ドアを開けて中に入るとビックリした！　X JAPANの「RustyNail」が流れ、リビングの壁一面は派手なイルミネーションで飾られていた。

沙耶の隣には真樹ちゃんもいた。二人で「おかえり〜、ココちゃん！　メリークリスマス!!」と声を揃えて迎えてくれた。愛猫の首にまで可愛いリボンがついている。沙耶が「ね、そこのヒモ、引っ張って！」と言うので、引っ張ってみると「メリークリスマス」という小さな幕が下りてきた。私は思わず感激して泣いてしまった。こんな経験は生まれて初めてのことだから、言葉が返せずにただ立ちつくしていた。

真樹ちゃんが、「ココちゃ〜ん、久しぶり！　何泣いてんの？　そこに立ってないで、早くこっちに来て！」と、私の手を引いてくれた。沙耶は、「お疲れ様〜！　ココちゃん泣いてるし。きゃはは！」と笑っている。

テーブルの上にはチョコレートケーキに色鮮やかな料理。

私がいない間、こんなサプライズを二人で用意してくれていたんだ……。そしてシャンパンを抜いて皆で乾杯をして一気に飲み干し、買ってきたクラッカーを渡すと二人はわざと私の顔にめがけて鳴らした。

クリスマスは皆一緒だけど、今日の主役は沙耶と真樹ちゃんだ。私は電気を消しろうそくに火を灯し、沙耶と真樹ちゃんに向けて音痴なバースデーソングを歌うと二人は手を叩いて大笑いした。その隙に私が自分でろうそくを吹き消した。三人で笑った。

沙耶と真樹ちゃんが私にクリスマスプレゼント用意してくれたというので、私も慌てて自室に沙耶のプレゼントを取りに行った。真樹ちゃんの分は準備していなかった。どうしよう。そこで沙耶にどっちもあげようとしていた二つのロザリオを二人に一つずつ分けて、さっき客からもらった指輪をそれぞれ一つずつ渡そうと考えた。

私はまず、「コレ今日、客から集めたやつだけど」と、二人に指輪の箱を渡した。

「すご〜い！　ブルガリだ〜！」

「本当にいいの？」と、二人して何度も言って喜んでくれた。

「まだ余ってるから三人でお揃いにしょっ！　あらためて、これが私からのプレゼントです。誕生日おめでとう！　沙耶、真樹ちゃん！」

そう言って、ティファニーの箱を二つ並べた。真樹ちゃんが「え〜！　私にもあるの？　もらっちゃって良いの？　すごいものばっかりで、なんだか悪いなぁ」と言ったので、「良いよ！　真樹ちゃんにもあげようと思って、ちゃんと準備してたんだから！」と、とっさに思いついたことを言いながら二人に差し出した。

先に沙耶に「シルバーとゴールド、どっちが良い？」と聞くと、即答で「シルバー！」と言ったので、シルバーのロザリオを確認して渡した。

沙耶は箱を開けた瞬間にもの凄く驚いて、「私、コレ欲しかったの？　なんでわかったんだろ？　ココちゃんって超能力者みたい……。本当に嬉しい。一生大切にするね。本当にココちゃん、超能力者みたい」と、言って静かに泣いた。

私はまさか、沙耶の履歴を勝手に見たから、とは言えなかったが、やっぱり沙耶はこれが欲しかったんだ！　と思ってうれしくなった。これに決めて本当に良かった。

そして、真樹ちゃんにはゴールドの沙耶と同じロザリオをあげると、「え〜、本当に良いの？　高価な物ばっかかり……ありがとう。何だか私まで申し訳ないな。ココちゃんに比べると、つまらないものだけど……。私のプレゼントも開けて」と言ったので、可愛くラッピングされた大きな丸い包みを開けると、私の好きなベロア生地の白いコートと毛糸の真っ赤なマフラーだった。

私は、「可愛い！　ありがとう！　早速明日から着るね！」と言うと、真樹ちゃんは「ココちゃんに似合いそう～、と思って。あと、これからも沙耶をよろしくね！」と言うので、「もちろん！」と言って、早速マフラーを巻きながら真樹ちゃんを見ると、横にいた沙耶の表情がいつの間にか〝泣き顔〟から〝怒り顔〟に変わっていた。

「沙耶、どうした？　何か怒ってんの？」と私が聞くと、

「なんか、つまんない。コレあげる。勝手に使って」と、私にプレゼントを投げつけて自室に入ってしまった。

真樹ちゃんが沙耶の後を追って部屋に行ったけど、すぐに戻ってきて「沙耶、理由話してくれない。泣きながら不貞寝しようとしてるし。どうしたんだろう。ごめんね、ココちゃん」と言った。

私も沙耶が怒る理由が全くわからなかった。仕方がないので、そのあと真樹ちゃんと二人で料理を食べながら飲んだ。ひさしぶりに真樹ちゃんといろんな話をして盛り上がったけど、やっぱり沙耶のことが気になった。あれだけ楽しみにしていたパーティーなのに、沙耶、どう

したんだろう。私にもまったく理由はわからなかった。

時計が朝の四時を過ぎる頃、真樹ちゃんは帰り支度をしながら、沙耶の部屋のドア越しに大声で「沙耶、帰るよ〜、またね！」と呼びかけたけど返事はなかった。私は真樹ちゃんを送りに外に出た。

「せっかくのクリスマスパーティーなのに、アイツのせいで台無しになっちゃったね。ごめんね。それから、プレゼント、本当にありがとう！　あと、沙耶お願いします」

真樹ちゃんはそう言うとは、タクシーに乗った。

家に戻っても沙耶はまだ部屋から出てこない。気になったので、部屋を覗くと枕に顔をうずめてまだ泣いていた。

「ねえ沙耶、いい加減にしてよ。せっかく真樹ちゃん来てくれたのに帰っちゃったよ？　一体何が不満だったの？」と、少し怒って聞いてみたけど泣いたまま私を見ようともしなかった。

私は仕方なくリビングに戻り、さっき投げつけられた沙耶からのプレゼントを開けてみることにした。沙耶が自分でラッピングしたらしく、包装紙がズレていてミッフィーのシールがあちこちにベタベタ貼ってある。白い箱を開けると、私たちが欲しかったX JAPANの〝THE LAST LIVE〟のDVDと、さまぁ〜ずのライブDVD、そして、ランコムのマスカラと小さなメッセージカードが入っていた。

「ココちゃん、いつもそばにいてくれてありがとう。いつも不甲斐なくてごめんね。Xのラストライブのネ DVD入手したよ！　あとで一緒に見ようね。それといつか必ず二人でロスに行こうね！　約束だよ！　ココちゃんを見てると夢が実現しそうな気がするし、体もなおりそう！　完治する薬も開発されるような気がする！　これからはちゃんと薬も飲むしグチもいわないように気をつけるからね。絶対にＨＩＶなんかに負けないで前向きに頑張るから見ていてね!!　これからもず〜っとず〜っと仲良くしてね！　親友、沙耶より」

「生きる　理由」を見てから、私は最悪なことばかり考えていた。沙耶が消えてしまうんじゃないか、死んでしまうんじゃないか、そんなことばかり妄想していた。でも、沙耶は「生きる理由」を見つけて、前を向いて歩いていこうとしていた。絶え間なく涙が流れた。

私はもう一度、沙耶の部屋へ行き、「沙耶、プレゼントありがとう。ずっと一緒にいようね。沙耶の手紙が一番うれしかったよ」とだけ言って出ようとすると、沙耶が、やっと顔を上げた。

「ココちゃん、さっきはごめんね。楽しくパーティーやるはずだったのに。真樹なんて呼ばなきゃ良かった。だって、私が怒ったのは、ココちゃん、真樹が来てるなんて知らなかったくせにプレゼント用意しているとか嘘言って、あのネックレスあげちゃったから……。指輪はさ、うれしいけどココちゃんのお客さんからもらったものだから三人でお揃いでも良いけど、あのネックレスがもう一つあることを知っていたら、私、ココちゃんとお揃いにしたかったの。だって、ちょうど欲しくて探してた物だし、それを今日まさか、ココちゃんが誕生日プレゼントにしくれるなんて偶然というか運命というか、テレパシーみたいな、絶対にコレは神の奇跡みたいな気がしたから真樹には絶対あげないでほしかったの。ココちゃんだけとお揃いが良かったの」

「そうだったんだ。ごめんね。本当は沙耶に二つともあげる予定だったんだけど、沙耶だけにあの場で渡すのは変かなぁ、と思って。それに真樹ちゃんも誕生日だったし、私にもプレゼントくれたし。ネックレスだけ後で沙耶に渡せば良かったね。配慮が足りなかった、ごめん」

そう言って沙耶に謝った。するとあわてて沙耶は、

「ココちゃんが謝ることじゃないよ。私が悪いの……ごめん。ココちゃんとお揃いが良かっただけ。でも、ありがとう。毎日つけるから」と言った。

なんだかその言葉でいろいろなものがすっと溶けていくような気がした。不安も、恐怖も。

しばらくすると沙耶がひょっこりとリビングに出てきたので、二人で後片付けをした。真樹

ちゃんと料理は食べてしまったけど、ケーキは消えたろうそくが立ったまま手づかずの状態だった。

沙耶がそのまま冷蔵庫にしまいながら、「明日、ココちゃんが帰ってきたら、一緒に食べてくれる？」と言ったので、私は「うん。そうしようか！」と応えた。

翌日帰ってきて昨夜のケーキを食べながら、二人でX JAPANのDVDを見ていると、途中で沙耶がバッグからゴソゴソと何かを取り出して私の後ろに回り、「目、閉じてて」と言うので言われた通りに目を閉じると、首にネックレスをつけてくれた。私があげたものと同じロザリオだった。色も沙耶と同じシルバー。ネットショッピングのやり方がわからない沙耶は、夕方、日本橋や池袋のティファニーに行って同じネックレスが売ってなかったから、わざわざ銀座の本店まで行ってきたという。

「これで本当のお揃いだね」とうれしそうに沙耶は言った。自分で買うのと沙耶が買ってくれるのとでは不思議と思い入れが違う。私も願いを込めて大切にしたいと思う。沙耶はこのロザリオをなぜか、〝洗礼〟と呼び、片身離さずにいつも大事にしてくれた。

「生きる　理由」、それは未だによくわからない。ただ、私と沙耶は、言葉にできない大きなものを乗り越えて、いま二人一緒にそれぞれの「生きる　理由」を見つけようとしている気がした。

第15章　新しいはじまり

東京ドームに来て今日で三日目になる。私と沙耶は泣きながらライブに心酔しきっていた。眩いステージから一瞬たりとも目が離せない。なんたって今、目の前にX JAPANがいる。長い解散期間を経て、ついに再始動したのだ。

三月二十八日～三十日までの三日間。復活ライブでX JAPANの新しい活動ははじまった。私はこのニュースを聞いた時、沙耶へ真っ先に電話をかけた。もちろん、それを沙耶が知らないわけがなく、二人で手分けして三日間、全てのチケットを押さえたのだ。

X JAPANのライブでは腕を交差させ、「X」の文字を作ってジャンプをする曲があるのだが、私たちは事前に打ち合わせをして普通使用するペンライトではなく、工事現場で使うような長い誘導棒を持ってきたので周囲の中でも一番目立っていた。他のファンとは気合の入り具合が違う。

さすがX JAPAN。ブランクも衰えも微塵も感じさせなかった。最終日、私たちはX JAPANと共に燃え尽きるほどに盛り上がった。X JAPANの新たなスタートでもあり、これは私たちの新しいスタートでもあったのだ。いまとなってはそう思う。

沙耶とこうして会うのも数ヶ月ぶりだった。顔色も良く、趣味と実益を兼ねた仕事をし、充実した毎日を送っているのは一目瞭然だった。久しぶりの笑顔とトレゾアの香りに私も笑顔になった。

近頃は互いの仕事も忙しく、なかなか会えるタイミングを計るのも難しかった。だから、この復活ライブは大好きなX JAPANとの再会と同時に二人の再会も兼ね合った最高のイベントになった。

そう、私たちは「生きる　理由」を探すために別々の道を歩みはじめていたのだから。

＊

私たちは、二年半で同居を解消していた。

喧嘩別れしたわけではない。これは必然的な「解消」だったのだと思う。

自分のＨＩＶ感染を知ってから〝体が汚れているような気がする〟と、沙耶はよく言っていた。私が「そんなことはあるわけがない」と、沙耶に何度となく言っても、そんな思い込みは深刻さを増すばかりだった。そして、それまで興味の無かった〝祈り〟や、〝癒し〟に強い関心を示すようになったのだ。そのころから沙耶はアロマテラピーに凝りはじめた。

お揃いのロザリオを沙耶は本当に大切にしていた。首からさげずポケットに入れていつも持ち歩いていたから、私にもよく分かった。しかし、いつの間にか沙耶は本物のロザリオを買った。そして日曜日になると決まって近所の教会に出かけるようになった。それだけならまだ良いのだが、私まで日曜礼拝に誘うようになった。初めは単なる付き合いや好奇心で一緒に行っていたが、毎週行くのはつらかった。

これは、沙耶が自分で見つけた心の支えなんだ。もしかすると「生きる　理由」を見つけ出すきっかけになるかもしれない。私は理解できないながらも、沙耶を応援する気持ちでその様子を見つめ続けていた。

一日に三回の祈り。当然、生活リズムは噛み合わなくなった。日曜の礼拝というのは一時間から一時間半の時間を要する。私は次第に面倒くさくなってきていた。私はもともと信仰というものにまったく興味がなかった。しばらくすると次第に互いの会話も合わなくなってきたので口数も減った。

「生きる　理由」。沙耶だけじゃない、私もぼんやりとだがちょうど同じ時期に探しはじめていた。が、あくまでもまだ〝模索中〟の段階だった。

そう、はじめにも言ったように、これは必然だったのだ。

そのころ、一緒に一番苦しい時期を乗り越えて、お互いに次の段階に進む時期が近づいてきていることを私は予感していた。

ある夜、沙耶の方から同居の解消を切り出してきた。

「これ以上、ココちゃんに迷惑かけるわけにはいかない。薬で体も安定しているし……。私は大丈夫。私、出て行くことにするね……」

もしかしたら沙耶も、うすうす同じ気持ちだったのかもしれない。

沙耶がいなくなった部屋は不思議なほど静かになった。でも、虚しさはなかった。だって、お互いに前を向いているのだから。私はそう思っていた。

沙耶は数年間の一人暮らしの後、実家で暮らしながらアロマテラピーの資格を取って働き始めた。私は水商売をきっぱりと辞めた。

＊

月日は流れる。

景色も考え方もガラリと変わったが、それでも、沙耶とはたまに会ったり電話で話したりしていた。

ライブの帰りにファミレスに寄って、互いの近況を報告した。沙耶はアロマテラピーの仕事が順調で、「やりがいがあって楽しいよ！　ココちゃんは最近どう？」と聞かれた。楽しそうに話す沙耶を見て、私は「うん、ネットの仕事をしながらたまに執筆の副業もしてるの」と言うと、「わ〜、すごい！　ココちゃん文章書くの好きだもんね！　ねえ、いつか私の本も書いて！」と沙耶は言ってくれたが、所詮、たのまれたルポを少し書く程度のお粗末な物だった。私たちの話題は尽きなかった。電話で話はしているけれど、直接会うのは数ヶ月ぶり、どうやら長話になりそうなので、私の家に行って飲み直すことにした。

道を歩けば派手なコスプレが目立って誰もが私たちを振り返る。沙耶が、「せっかくコスプレしてるんだから、ゲーセンに行ってプリクラ撮ろうよ！」と言うので、「あっ！　それ良いね！　〝運命共同体〟の記念に！」と言うと、沙耶は頷きながら微笑んだ。写真の余白に備え付けの黄色のペンで、「we are X! saya&coco」と一緒に日付も入れた。

その後は私の家に来てビールを飲みながら、この三日間の打ち上げをした。沙耶は、「この部屋にくるの、超久しぶり〜！　あの頃がなつかしいね。元気だったかい？」と言いながら、沙耶に擦り寄る猫を撫でた。確かに外で何度か会ってはいるが、家に沙耶が入るのは久々だ。いろいろあったあの頃だけど、思うと毎日がとても楽しかった。沙耶は一つ一つの部屋を探索しながら、「なつかしい」と連呼する。

今は今でこうして互いに別々でも平和に過ごしている。私は沙耶に体調のことを聞いた。薬のおかげでＣＤ４もウイルス量もほぼ安定していて普通の人の生活とほとんど変わらない生活を送っているらしい。安心した。

二人で程よく酔いながら、沙耶を駅まで送っていった。

このあと五月にあったＸJAPAN主催のライブも沙耶と一緒に行った。

私たちは前回と同じくライブを楽しみ、昔のように飲みに行ってはしゃいだ。いま思うと、これが実質、沙耶の「普通に」元気な姿をみた最後になった。

帰り道、何となく帰りづらい二人だった。

終わったライブの名残なのか、別々に帰途する淋しさなのか、「一服」という言葉にこじつけて何度も立ち話を続けた。

第16章　ランコムに包まれて

私は昼夜問わずサイト運営の管理の仕事をしていた。

事務所で仕事を終えて、咥えタバコで帰り支度をしていた時に電話が鳴った。私は名前を見た途端に嫌な胸騒ぎがした。真樹ちゃんからだ。

「沙耶が死んだ……」

予感は的中した。

霧雨の降る真夜中のことだった。実は真樹ちゃんに二日前にも電話をもらっていて、沙耶が今〝昏睡状態〟との旨はすでに聞いていた。その時、すぐにでも病院に行きたかったが面会謝絶で会えなかった。

沙耶は、ちょうど一年前からあらゆる合併症を引き起こし入退院を繰り返していた。要するに、もう薬で抑えきれない状態になっていた。つまり〝発症〟していたのだ。発症しても薬で持ちこたえる人はいるが、沙耶はもう手の施しようがなかったらしい。

最終的には重度のニューモシスチス肺炎と、ありとあらゆる合併症を引きおこして死んでしまった。

真樹ちゃんから先に聞かされていたから少しは覚悟はできていた。でも、覚悟していたからといって、それを素直に受け入れることなんてできなかった。真樹ちゃんの一言でたちまち暗闇のどん底に落とされてしまった。事務所からどうやって帰ったのかは憶えていない。いまだに嫌な夢を見ているようだ。

＊

私は着替えていた。遊びに行く時の派手な私服ではない。地味なスーツだ。どうして親友と別れるのに黒い服を着なくてはいけないのだろうか、と本気でそう思った。私は家族葬に参列させてもらっている。眠るような沙耶の顔を見て、これが初めて現実だと悟ったが、何故か泣けなかった。沙耶が今にも起きだしそうな顔をしていたからだ。真樹ちゃんは地べたにしゃがみ込んで嗚咽をあげていた。

帰り際、私がいつか沙耶にあげたロザリオのネックレスを渡してきた。沙耶が入院中でまだ言葉を交せた頃、「何かあったらココちゃんに渡してね」と言われていたらしい。家に着いて沙耶が買ってくれた自分のロザリオを眺め、二人のロザリオを重ね合わせた時、初めて涙が込み上げてきた。次から次へとあふれて、止まらなかった。

ロザリオを渡したあの時の、「ココちゃんって、超能力者みたい」と言って泣いた沙耶の顔が浮かんできた。

目を閉じて下を向くと〝もっと私に出来ることはなかったのか？〟と、後悔ばかりが込み上げるから、上を向いて楽しいことばかりを思いだそう……。沙耶とは本当に一緒にいろんな場所に行った。沙耶はマンションの屋上で空を見るのが好きで、飛行機をみつける度に「いつか一緒にロサンゼルスに行こうね」と私を誘った。

言葉じゃ語りつくせないほどたくさんの思い出がある。

沙耶のすべてを私は忘れてはいない。

「ねえ、ココちゃん」と今でも聞こえてくるようだ。つい昨日のことのようにいろいろなことが頭の中を駆け巡る。それまで惰性で生きてきた私を沙耶は変えてくれた人だった。

私は家を引っ越した。

思い出が詰まった家には住んでいられなかった。

新しい部屋の窓からは飛行機がよく見える。ロサンゼルスに向かう飛行機に私は願いを乗せる……。ゆっくりしてね、沙耶。

あとがき

あれから数年の月日が流れた。

相変わらず日々の些末事に追いかけられて深く考えることもそうそうない私だが、今でも時々「生きる理由って何だろう」という思いが頭をよぎる。自分の生きる理由って何だろう。今の私にとっては愛する対象を守っていくことなのかも知れないな、と愛猫のきょとんとした顔を眺めながら思う。そんなことを折に触れて思い出させてくれるのも沢山あった沙耶の置き土産の一つなんだろう。

もう一つの置き土産と言えば、真樹ちゃんと私の友情かも知れない。今でも時々連絡を取り合って、時間が合えば顔を合わせる。沙耶のことばかり話しているわけでもないけれど、それでも時々自分が知らない、そして真樹ちゃんも忘れていて何かのきっかけで思い出した沙耶のエピソードを教えてくれる。理由はいつも「だって、ココちゃん、いつか沙耶の事書くかも知れないじゃない」。

沙耶のことがあってから、習慣的にＨＩＶの情報を集めるようになっている私は、話題にならないだけで感染者数が徐々に増えてきていることを去年あたりから意識していた。そして、その感染者数は必ずしも実態を一〇〇％反映しているわけではないこともだ。

ちなみに過去にＨＩＶキャリアの女性にインタビューする機会があったが、ちょうど沙耶の経験と重なったこともあり、相手に対して冷静に、そして深い理解をもって取材をすることができたと思う。


真樹ちゃんの思いに押されたわけではないけれど、私が沙耶のことを書こうと、悲しい思い出に向き合おうと思ったのは、沙耶に何があったのか、そしてそのことに対して彼女がどのように向き合ったのかをＨＩＶを意識していない人達、意識はしているが怯えて固まってしまっている人達に伝えたいと思ったからだ。

ＨＩＶについて耳をふさがないで欲しい、怯えて目を背けることだけは避けて欲しい。どんな状況であっても前を向くことができる。泣き虫だった沙耶が泣くことを止めて自分の人生に正面から向き合った瞬間に立ち会った私は、その瞬間がＨＩＶに怯える人達に伝われば、その瞬間が彼ら彼女らを勇気づけることができればとても嬉しい。

沙耶、悲しい記憶と向き合う勇気をくれてありがとう。これもまた、あなたの置き土産です。

最後に、協力してくれた皆様、担当してくれた菱沼達也さん、そして、執筆中に励ましてくれた上野千鶴子先生。心より感謝しています。

二〇一四年九月

今井ＣＯＣＯ

著者紹介
今井 COCO（いまい・ここ）
東京都生まれ。高校を中退後、イベントコンパニオン、キャバクラ嬢、アダルトチャット・パフォーマーなどさまざまな職を経験。現在はフリーライター。著書に『アダチャ稼業』（イプシロン出版企画）。

親友は、エイズで死んだ
沙耶とわたしの 2000 日

2014 年 10 月 30 日　第 1 刷印刷
2014 年 11 月 10 日　第 1 刷発行

著者——今井 COCO

発行人——清水一人
発行所——青土社
〒 101-0051　東京都千代田区神田神保町 1－29　市瀬ビル
［電話］ 03-3291-9831（編集） 03-3294-7829（営業）
［振替］ 00190-7-192955

印刷所——ディグ（本文）
方英社（カバー・扉・表紙）
製本——小泉製本

装丁——竹中尚史

ISBN978-4-7917-6828-8 C0036